目次

秘剣 虎の尾——剣客相談人18

秘剣 虎の尾　剣客相談人18・主な登場人物

若月丹波守清胤《わかつきたんばのかみきよつぐ》……故あって一万八千石の大名家を出奔、大館文史郎《おおだてぶんしろう》の名で剣客相談人となる。

篠塚左衛門《しのづかさえもん》……清胤が徳川親藩の支流の信濃松平家の三男坊・文史郎の時代からの傅役《もりやく》。

大門甚兵衛《だいもんじんべえ》……さる大藩を脱藩した黒髭の大男。同じ長屋の文史郎と相談人稼業を始める。

松平義睦《まつだいらよしのぶ》……大目付、文史郎の兄。文史郎を陰ながら支える。

弥生《やよい》……大瀧道場の女道場主。文史郎に執拗に迫り相談人の一員に加わる。

松平慶永《まつだいらよしなが》……越前福井藩藩主。春嶽《しゅんがく》という号を好んで名乗る。

望月鼎《もちづきかなえ》……越前福井藩の危機に際し秘太刀「虎の尾」の継承者探しを相談人に依頼。

桐島左近之介《きりしまさこんのすけ》……望月の命《めい》で文史郎を助け、藩主春嶽暗殺の謀略に立ち向かう。

占部伯琉《うらべはくりゅう》……結城秀康《ゆうきひでやす》の武功を支えた白山霊験《はくさんれいげんりゅう》 流宗家八代目。

九頭竜隼人《くずりゅうはやと》……徒侍頭。裏で守旧派と通じ、浪人を集め春嶽の謀殺を図る。

占部白水《うらべはくすい》……占部伯琉の息子。後継者候補から外され、巻き返すため悪事を企てる。

占部中馬《うらべちゅうま》……白水の従弟《いとこ》。伯琉の弟、占部玄馬の息子。

占部伯嶺《うらべはくれい》……越前、加賀、美濃の占部一族から選ばれる占部九人衆を束ねる古老。

新田里衛門《にったりえもん》……桐島の配下の元捕り方の同心。文史郎たちと力を合わせ春嶽を護る。

朝田秋《あさだあき》……桐島の配下。何者かに斬殺された朝田覚之臣《かくのしん》の娘。

菅野泰介《かんのたいすけ》……元勘定奉行。守旧派の金庫番だった男。春嶽暗殺の黒幕。

序

岩山に風が巻いていた。

夕闇が迫り、あたりは薄暗くなっていた。

風切り音が響き渡る。

天空には鉛色の雲が渦を巻き、時折、稲妻を迸《ほとばし》らせていた。

海原は大荒れに荒れ、一面に白い兎《うさぎ》が飛ぶような三角波ができていた。

そそり立つ岩の岸壁に、横殴りの雨が叩きつけている。岩肌は雨に濡れ、てらてらと光沢を帯びていた。

切り立った岩の根許《ねもと》に激しく荒波が打ち付け、高く飛沫《しぶき》が上がった。

飛沫は宙を漂い、風に吹かれてゆっくりと散って波間に落ちる。また盛り上がって来た波が轟音を立てて、岩壁に打ちあたり、白く泡立っている。

東尋坊《とうじんぼう》の名で知られる柱状に切り立った峻厳《しゅんげん》な岩場に、数十人の鈴懸《すずかけ》姿の行者《ぎょうじゃ》たちが立ち並んでいた。

行者たちは言葉を発せず身じろぎもせず、風雨の中、岩棚での二人の立ち合いを、じっと眺めていた。

通称三段岩は雨に霞《かす》んでいる。

階段状に段差を造って三段になった岩棚の上に、二人の修験者《しゅげんしゃ》が段を違えて立ち、睨み合っていた。

二人とも上から下まで白色無文の浄衣《じょうえ》姿だ。

上の岩棚に仁王立ちした老修験者は丸坊主頭で、長い錫杖《しゃくじょう》をついている。

下段の岩棚に立つ修験者は、老修験者よりもかなり年下の武士で、太い木剣を八相《はっそう》に構えていた。綺麗《きれい》に剃った月代《さかやき》が瑞々《みずみず》しい。

木剣はただの木刀ではなく、荒行《あらぎょう》を終えた修法師だけが持つことができる神剣である。

二人とも激しい風雨を受けて、全身びっしょりと濡れぼそっている。二人は岩棚の上で、彫像のように静止したまま対峙《たいじ》していた。

　ごうと一陣の強風が岩棚を巻いて吹き抜けた。鋭い岩角に風切り音が響き、二人の修験者の法衣を翻《ひるがえ》させた。

　その一瞬、下の段にいた武士の軀《からだ》が宙に飛んだ。同時に老行者の軀も宙を飛んだ。

　武士の木剣が一閃し、老行者の坊主頭を打とうとした。老行者は身軽に軀を回転させて、木刀を躱《かわ》した。

　ほとんど同時に、老行者の錫杖が唸りを上げて、武士の足許を襲っていた。

　武士は跳《と》び跳《は》ね、宙返りをしながら、再び木剣を老行者に振り下ろした。

　老行者は錫杖を突いて、ふわりと身を浮かし、打ち込まれた木剣をするりと躱した。瞬間、目にも止まらぬ速さで、錫杖を武士に突き入れた。

　武士は逃げずに軀を開き、突き入れられた錫杖に沿って老行者に寄った。

　一瞬、武士と老行者は面と面を突き合わせるほどに接近したかに見えた。

　二人は踊るように軀を回転させ、互いを突き放すように飛び退いた。

　二人が離れると同時に、木剣と錫杖がかちんと打ち合う音が響いた。瞬間、目に見えぬ火花が飛んだように空気が揺れる。

　二人の軀は飛翔し、宙で交差した。そのまま、互いに相手のいた岩棚に飛び降りた。

いつの間にか、武士に錫杖が移っていた。老行者の手には木剣が握られていた。

シャンシャン!

三段岩を見下ろす周囲の岩の行者たちが、一斉に錫杖を打ち鳴らした。

シャン、シャン、シャン!

錫の響きが風音を切り裂いて鳴り響いた。

「見事だ」

老行者が感嘆の声を上げた。

「畏れ入りまする」

武士は錫杖を岩棚にそっと置き、その場に平伏した。

老行者は木剣を岩床に突いて軀を支えた。

老行者は立っているのがやっとの風情《ふぜい》だった。

岩陰からか、幾人もの鈴懸姿の行者たちが現れ、老行者の傍らに侍《はべ》り、軀を支えた。

「わしは、もう歳だ。いまの虎の尾返しを、おぬしが習得したことで、安心した。おぬしに伝えることはすべて伝えた。もはや、わしには、これ以上、そなたに教えるものは何もない」

「お師匠様、それがし、まだまだ修行が足りぬ未熟者にございます」

老行者は雨に濡れながら、弱々しく微笑《ほほえ》んだ。

「その心がけはよい。だが、もはや、わしの出る幕ではない。おぬし、わしとの立ち合いで、手を抜いたであろう」

「いえ、そのようなことは……決して」

「うそを申せ。老いたりといえど、わしの目はまだごまかさせぬ」

「は、はい。申し訳ありませぬ」

武士は平伏したまま謝った。

「ははは。よいよい。手を抜いてもらっても、もはや、わしはおぬしに勝てぬ」

「そんなことはありませぬ」

「……それよりも、日ごろ、わしが申しておったこと、守るであろうな」

「はい。神仏に誓って」

「おぬしに口伝《くでん》で伝えたこと、決して他人に教えぬことだ。真に伝授してもよい、と信じる後継者にのみ、口伝で伝授せよ」

「はい。老師のお言葉通りに」

「もし、万が一、御館様《おやかた》と、その御一族が危うくなった場合まで、決して秘伝を使わぬことだ。よいな」

「はい」

「これを、わしの後継ぎの印《しるし》として、引敷《ひしき》を授けよう」

老師は傍らの行者にうなずいた。傍らに侍った行者は手早く老師の腰の紐《ひも》を解き、引敷を外した。獅子の毛皮で作られた引敷だった。

老師は印《いん》を結び、大声で祝詞《のりと》をいった。

「無明法性円融煩悩消滅《むみようほつしようえんゆうぼんのうしようめつ》」

武士は老師から引敷を押し戴いた。

「これで、わしは、安心して浄土《じようど》へ参ることができる。よきかなよきかな」

老師は傍らに侍った行者の肩に捉まり、よろめくように立った。

「キエエエイ」

印を結んだ老師は、最後の力を引き絞るように叫び、宙に飛んだ。

行者たちは、一瞬たじろいだ。武士もあわてて老師の軀を掴もうと手を伸ばした。

だが、老師の軀は宙を飛び、三段岩の棚から、白波が打ち寄せては返す、荒海に落下していった。

行者たちは、両手を合わせ、一斉に呪文を唱えた。

武士はがっくりと肩を落とし、波間に消えていった老師を悼《いた》んだ。

雨は一向に降り止む気配もなく、武士や行者の群れに降り注いでいた。

第一話　奇妙な依頼

一

野分《のわ》き一過。

天高く雲一つなく晴れ渡り、風爽やかなり。

野分きの被害もほとんどなく、無事野分きをやり過ごした江戸の住民たちは、待ちに待った祭りの神輿《みこし》に興じていた。

元那須川藩《なすがわはん》主若月丹波守清胤《わかつきたんばのかみきよつぐ》改め、大館文史郎《おおだてぶんしろう》は、髯《ひげ》の大門甚兵衛《だいもんじんべえ》、爺《じい》こと左衛門《さえもん》を従え、神輿見物客で湧く永代橋《えいたいばし》を渡っていた。

今日は、江戸深川富岡八幡《ふかがわとみおかはちまん》の祭礼の日だ。

深川の総鎮守の富岡八幡は、深川側だけでなく、永代橋を渡った京橋《きょうばし》側にも大勢の氏子《うじこ》がいる。

本祭りは隔年で行なわれ、今年はその本祭りの年だ。そのために神輿を一目見ようとたいへんな人出になる。

いましも大勢の若衆に担がれた神輿が、威勢のいい掛け声とともに永代橋を渡りはじめた。

神輿の担ぎ手の氏子たちが橋に集まった群衆を押し分けて進んでくる。野次馬や見物客が、その氏子たちの群れを押し止めるかのように、橋の上でもみ合い、怒声が湧き起こり、喧嘩《けんか》のような騒ぎになっている。

神輿の進行を止めていた見物客たちの一角が崩れ、神輿の群れが一挙に橋を渡り出した。

見物客たちから、どっと歓声が上がった。

文史郎は群衆に押されて、永代橋から広場に押し戻された。

「おい、おい。あまり押してくれるな」

文史郎は笑いながら、祭りの若衆に背をぐいぐいと押されるまま、人込みの流れに逆らわず歩いた。

左衛門も大門も群衆に揉《も》まれ、泳ぐように歩いている。

女の嬌声が上がった。

数人の町娘たちが祭りの法被《はっぴ》姿の町奴《まちやっこ》たちに揉みくしゃにされている。

荒くれ男たちは、人込みのどさくさに紛《まぎ》れて、娘たちの軀に触《さわ》っていた。

娘たちは悲鳴を上げて、逃げようとしてはいるものの、笑っており、あまり嫌がっているようには見えなかった。

文史郎は人の流れに身を任せながら、あえて娘たちを助けに行かなかった。

こんな祭りの人込みでなければ、若い男と女がじゃれあったりすることもない。

これも祭りの楽しみといえば、楽しみ。

娘たちが真剣に嫌がり、助けを求めたら別だが、周囲に助けも求めていないのに、わざわざ出て行くのは不粋《ぶすい》というものだ。

文史郎は人込みに揉まれながら、身を漂わせていると、いつの間にか、一人の娘の背を抱えるような軀勢《たいせい》になっていた。

銀の簪《かんざし》を挿《さ》した島田髷《しまだまげ》が目の前にある。娘の白いうなじには艶《つや》があった。芳《かぐわ》しい娘の髪の匂いが鼻孔をくすぐった。

町家の娘だった。背で結んだ帯が文史郎の胸につかえて、上半身が反り返る。そんな軀勢になったところに、後ろから軀を押されると、上半身が反り返った分、下半身を娘の軀に押しつける格好になる。
いや、参ったな。
文史郎はできるだけ下半身を娘の尻に押しつけまいと堪えた。
だが、どうしても文史郎は娘の軀を背後から抱える格好になり、避けようもない。
娘は前にいる女中らしい年増《としま》女の背に顔を押しつけていた。
「どいて、あんたらどいて」
女中は怒声を上げ、前に立ち塞《ふさ》がる男たちを掻き分けようとしていた。
「混んでんだ。どこうたって、どけねえんだ」
「あきらめんだな」
荒くれ男たちは鄙猥《ひわい》な声で女中と娘をからかった。
あとから人波がぐいぐいと文史郎の軀を押してくる。
人波の先には神輿が上下するのが見えた。
文史郎は人波に逆らうのをあきらめた。
密着した娘の華奢《きゃしゃ》な肩や尻の丸みが、なんとも心地いい。
文史郎はあとから押されるまま、せめて娘の背に腰の小刀の柄《つか》や鍔《つば》が当たらぬよう
に心を遣《つか》った。立てた柄と娘の背の間に左腕を差し込み、娘の背に鍔が当たらぬよう

にした。

若い娘の軀の感触に、いくぶんうっとりした。

だが、下半身が文史郎の意に反してむずむずしはじめた。

いかん。これはまずい。

空即是色《くうそくぜしき》、色即是空《しきそくぜくう》。

文史郎は無心になろうと必死に心の中で祈った。

娘の軀が文史郎の気配に気付いたのか、びくっと動いた。

だが、娘は逃れようにも女中の年増女と文史郎に前後を挟まれ、左右も人の壁があって身動きができなかった。

「ごめん」

文史郎は上げていた両腕を、娘の背と自分の軀の間に差し込んで隙間を作った。尻を突き出し、へっぴり腰になって、娘の軀に密着するのを止めた。

娘が恥じらうように文史郎を振り向いた。

「……大丈夫です」

薄化粧した娘の頬は上気し、ほんのりと桜色になっていた。

目鼻立ちの整った顔だった。町家の娘だったが、どこか気品があり、気位も感じられる。

おちょぼ口も愛らしい。

娘は富士額にうっすらと汗をかいている。

「…………」

娘は文史郎から顔を逸《そ》らし、目を伏せた。

人波の流れが緩くなった。あとから押す力もなくなり、文史郎はようやく娘の背から離れた。

文史郎は立てていた小刀を元に戻し、腰の帯に差し直した。大刀は長屋に置いて来た。人込みに腰の大小は無用の長物《ちょうぶつ》だ。

「失礼しました」

娘は振り向き、文史郎に頭を下げた。

文史郎は恥じらった。一時でも、軀を密着させて、嫌な思いをさせたに違いない。

「いや、こちらこそが、失礼いたしした。それがしとしたことが……」

「いえ、こちらこそ……」

娘は頰笑み、文史郎を親しげに見上げた。

神輿は広場の中を練り歩いている。それに伴い、見物客の群れがぞろぞろ移動していく。

ようやく、あたりの人の込み具合が、少し緩くなった。

先刻まで人込みの中で嬌声を上げていた娘たちは、神輿の群衆について行ったのか、どこかに姿を消していた。

「なにすんの、あんたら。そこをどきな」

女中の怒鳴り声がきこえた。

荒くれ者の町奴たちが女中に凄《すご》んでいた。

「おいおい、ずいぶんじゃねえかい。ちょっと触っただけじゃねえか」

「今日は祭りだぜ。なにやったっていい無礼講だ。おねえちゃんたち、おれたちと遊ぼうじゃねえかい」

町奴たちは、酒を飲んでいるらしく、赤ら顔だった。安酒の臭いをぷんぷんさせている。

男たちの一人が女中の腕をむんずと摑み、抱き寄せようとしていた。

「そうだぜ、めんこいねえちゃん、ちょっと顔を貸してちょうだいな」

ほかの男たちが、女中の後ろにいた娘に目をつけ、詰め寄った。

「お、こっちの娘っこは、べっぴんさんじゃねえかい」

「おいらたちの酒の酌でもしてくれんか」

「そんなサンピンなんか相手にしないで、おれたちと楽しく遊ぼうぜ」

文史郎は背後に娘を庇《かば》った。ついで、女中に抱きついた男の手を捩《ねじ》り上げた。

「痛てて。何すんだい」

男は捩り上げられた手を振りほどき、文史郎に怒声を浴びせた。

「へん、ざまあみろってんだい」

思わぬ文史郎の登場に女中は急に元気になり、男を罵倒した。

文史郎は怒鳴りまくる女中も背に庇った。

「まあ、お兄さんたち、せっかくの祭りなのだから、この場は収めて、みんな仲良く祭り見物を楽しもうではないか」

「な、なんだ、てめえは？」

「ざけやがって。人の恋路の邪魔をするってえのかい？」

「おとなしく、ひっこんでいろ」

町奴たちは、酒の勢いもあって、はじめから喧嘩腰だった。

文史郎は穏やかに両手で男たちを宥《なだ》めた。

「この娘さんたちは、こんなに怯《おび》えているんだから、許してやってくれぬか」

「なんだ、サンピン、てめえは何者だ？」

「この女たちとどういう関わりがあるってえんだい？」

「関わりもなにもない。通りすがりの者だ」

「なんの関わりもねえなら、口を出すな。おいらたちは深川八幡様の氏子でえ。町の祭りになんの関わりもねえサムライは口を出すねえ」

周囲の人波が止まり、そのまま野次馬の群れになった。周りからやんやの野次が飛んだ。

町奴たちは、野次馬の目もあって、ますます威勢がよくなった。

「おい。黙って、その女たちをおれたちに寄越せ」

「そうすれば、許してやるぜ」

「黙って女たちを寄越すか。それとも、腕にかけるか」

文史郎は溜め息をつき、背後の娘と女中に離れているようにいった。

「どうしても、この娘御たちを連れて行こうというなら、それがしがお相手いたす」

町奴たちが丸腰なのに、刀を抜くのも愚かしい。

文史郎は両腕を構えた。

「おもしれえ。おれたちと喧嘩をしようってえのかい」

「へ、サンピン、おもしれえ。相手しようじゃねえか。江戸の華は火事と喧嘩でえ」

町奴たちは文史郎たちを取り囲んだ。

男たちは腕まくりをしたり、尻端折《しりはしょ》りをして、文史郎を威嚇《いかく》した。

文史郎は動じず、町奴たちを睨みつけ、頭格《かしら》を探《さぐ》った。正面の赤ら顔の大柄な男が、どうやら頭格で、先刻から扇動しているように思った。

赤ら顔の大男が太い腕を上げ、何ごとかをみんなにいおうとした。一瞬、文史郎の軀が滑るよう大男に向かって動いた。

文史郎は大男の懐《ふところ》に飛び込み、胸ぐらを摑んだ。次の瞬間、腰に大男の軀を乗せ、砂利の大地に叩きつけた。

大男の軀は音を立てて落ち、大地に長々と伸びて動かなくなった。

文史郎は次の相手に備えて、両側の町奴たちを睨んだ。

「さあ、どこからでもかかって来なさい」

町奴たちは度胆を抜かれ、凍り付いた。男たちからさっきまでの威勢のよさがなくなった。

「殿お、どちらにおられますか」

左衛門と大門の声が野次馬の頭越しに響き渡った。

「やや、殿、やはりこちらにおられましたか」

やがて左衛門の姿が人込みから現れ、文史郎の傍《かたわ》らに駆け寄った。

「殿、なんでござるか？」

ついで黒髯を顎や頬に生やした、鍾馗《しょうき》のような大門が人波を掻き分けながら現れた。

町奴たちは、新たな相手の出現に、すっかり戦意を失っていた。

「てやんでえ。加勢を呼びやがって」

「兄貴をこんな目に遭わせやがって、覚えていやがれ」

男たちは、大地に伸びた大男の手足を抱え上げ、こそこそと群衆に紛《まぎ》れて引き揚げていく。

野次馬たちから、町奴たちにやんやの野次や罵声が浴びせられた。

「殿、なんでござるのか、この騒ぎは」

左衛門が文史郎に尋ねた。

「何が原因で、あの連中と喧嘩になったのです？」

大門は周囲を見回しながらいった。

「……お殿様？」

娘と女中の年増女は驚いて、顔を見合わせた。

文史郎は着流しの着物についた埃《ほこり》を手で払った。

「戯《たわむ》れに、そう呼ばれているだけだ。殿と呼ばれるような者ではない」

「ありがとうございました。一時は、お嬢様も私も、どうなることか、と思いました」

「御助けいただき、ほんとうにありがとうございます」

年増の女中と娘は、文史郎に深々と頭を下げて礼をいった。

周囲の野次馬は、ぞろぞろと引き揚げ、神輿の方に移っていく。

「殿、で、この御女中と娘御は？」

「殿、また、変な男気《おとこぎ》を出して、余計なちょっかいを出したのでしょう？」

左衛門と大門は、にやつきながら文史郎にいった。

「まあ、そういうことになるかもしれんな」

文史郎は頭を掻いた。

年増の女中が娘の背を押し、文史郎の前に進み出た。

「私どもは越前屋晋佐衛門《えちぜんやしんざえもん》の娘紗矢佳《さやか》と、女中を務めますおトキにございます」

「まあ、祭りだから、いろいろな男衆がうろついている。お気をつけなさるのだな」

文史郎は女中のおトキと娘の紗矢佳に、優しくいった。

「そうですな。殿がいなかったら、どうなっていたか分からなかったところでござろうし」

左衛門が大門と顔を見合わせながら、説教じみた口調でいった。

「お殿様、ぜひとも、うちにお寄りくださいませ。父や母も、ぜひ、お殿様にお目にかかり、御礼申したいと申すことでしょうから」

紗矢佳が顔を赤らめて文史郎にいった。

左衛門が文史郎に代わって紗矢佳に答えた。

「いや、殿は当然のことをしたまで。お礼はいりません。そうですな、殿」

「うむ。礼などいらぬ」

文史郎もうなずいた。

「では、お名前をおきかせくださいませ」

「名前か？　名乗るほどのこともやっておらぬ。通りすがりの素浪人とでも思うてくれ」

文史郎は頭を振った。

左衛門がいやいやという顔でいった。

「こちらの殿は、元那須川藩主若月丹波守清胤様改め、大館文史郎様でござる。ゆえあって若隠居なされ、長屋住まいをされている」

「まあ、ほんとうのお殿様なのですね」

紗矢佳はおトキと顔を見合わせて、うなずきあった。

「さよう。して拙者、左衛門と申す者にして、ずっと殿の傅役《もりやく》を務めておる」

紗矢佳は、大門に目をやった。

「こちらのおサムライ様は？」

「それがしは、供侍の大門甚兵衛にござる。お見知りおきくだされ」

大門甚兵衛は大きく胸を張った。

「殿は天下の素浪人と申されたが、何を隠そう、歴とした職業に就いておる」

「何をなさっておられるのです？」

おトキが興味津々《しんしん》といった面持ちで訊いた。

「剣客相談人にござる」

「剣客相談人？」

紗矢佳が訝《いぶか》しげに大門を見上げた。左衛門が脇から付け加えた。

「よろず揉め事引き受けます。それが、剣客相談人の仕事でござる」

「まあ、おもしろそうなお仕事」

「私たちの揉め事もお願いできるのかしら」

紗矢佳は、おトキと顔を見合わせ、うれしそうに笑った。

文史郎は、左衛門と大門が紗矢佳とおトキに親しく話しているのを見て、やれやれと頭を振った。

いつの間にか、文史郎は左衛門と大門に、お株を奪われた気分だった。

遠くで歓声が起こった。神輿が大きく上下し、そのたびに群衆から歓声が上がっていた。

二

祭り見物の帰りに、文史郎たちは長屋近くの水茶屋「春《はる》や」に寄った。最近、文史郎たちがしばしば立ち寄る小綺麗な店だ。

「いらっしゃいませ」

女将《おかみ》のお春が満面に笑みを浮かべ、文史郎たちを迎えた。女将は座敷に上がるように促した。

「いや、涼しい桟敷《さじき》がいい」

文史郎は掘割《ほりわり》沿いの桟敷を指差した。

桟敷には誰もいない。

「勝手に上がるぞ」

「はい。どうぞどうぞ。ただいまお茶を用意します」

お春は愛想よく応じた。

文史郎たちは土間から上がり、それぞれ日陰になっている場所に席を取った。

「いらっしゃいませ」

顔見知りの仲居のおくみがお茶を入れた急須や茶碗を運んで来た。

「夏も終わるというのに、ほんとにお暑いですねえ」

「野分きが過ぎたらまた暑さがぶり返したな。暑さの厳しい日が続くと、おくみさんたちの水茶屋は繁盛するのではないかね」

左衛門がいった。

「そうならいいのですがねえ」

おくみは笑いながら、文史郎たちそれぞれに、冷えたお茶を振る舞った。

「忙しくなると、女将やおくみさんたちが休めなくなるものなあ」

大門が同情していった。

「いえいえ。これが仕事ですから。それで、お飲み物はいかがいたしましょう?」

「昼間から酒というのもなんだな」

文史郎は左衛門の顔を見た。左衛門はうなずいた。

「その前に、こみいったお話があります」

おくみが気を利かせた。

「では、お殿様、お話が終わりましたら、ご注文をおききします」

「いや、そんな人にきかれて困る話ではない。そうだな、爺」

「左様です。ですが……」

左衛門は思案げな顔になった。

おくみはにこやかにいった。

「はいはい。では、お話が終わりましたら、お声をおかけください。どうぞごゆるりと」

仲居はお辞儀をして立ち、そそくさと勝手の方に引き揚げて行った。

文史郎は冷えた茶を飲みながら、左衛門に訊いた。

「権兵衛《ごんべえ》から何か話があったのであろう?」

「はい。それはそうなのですがね」

左衛門は茶碗を口に運び、茶を啜った。

権兵衛は仕事を紹介してくれる口入れ屋だ。

相談人の仕事は、権兵衛を通すことになっている。

昨夜、権兵衛の店清藤《きよふじ》の丁稚《でっち》が、長屋にやって来て、手紙を置いて帰った。手紙には、明日、つまり、本日、ぜひ店にお寄りください、という内容だった。

祭り見物の途中、左衛門が清藤に立ち寄り、権兵衛から相談事の依頼はないかきくことになっていたのだ。

「で、今度はどんな依頼だというのだ？」

「人捜しです」

「人捜し？　誰を捜せと申すのだ？」

「相手は剣の達人で、それも何人かいるらしいのですが、そのうちから、本物の一人を見付け出してほしい、ということなのです」

文史郎は大門と顔を見合わせた。

「ただの人捜しではないのだな？」

「そうなのです。こちらも相手を腕試しし、剣の筋を見極める力を持っていないと困る。それで名指しで、剣客相談人をという依頼が来ているのです」

「依頼者は、いったい、誰なのだ？」

「それが権兵衛も人を介しているので、まだ誰かが分からないというのです」

左衛門は白髪《しらが》頭を撫でた。

大門が湯呑み茶碗に、土瓶から冷えた茶を注いだ。

「なんだか、よく分からないが、特別な事情があるようですな」

文史郎が訊いた。

「権兵衛に話を持ってきた人物というのは、誰なのだ？」

「老中阿部雅弘《あべまさひろ》様の御家中の望月鼎《もちづきかなえ》殿とのことでした」

「望月鼎？　知らぬな。爺は？」

「爺も、望月鼎殿については何も知りませぬ」

「望月鼎が阿部雅弘殿の家中だということは、阿部雅弘殿の依頼だということなのか？」

「おそらく」

「老中の依頼というのは、かなりの重大な用件だということかのう」

「それも、他言無用の密命になるかと思います」

左衛門は茶を啜った。

密命か？

老中の密命ということか。

文史郎は腕組をした。

大門が口を挟んだ。

「左衛門殿、肝心の条件は、どうなっておるのかな？」

左衛門はうなずいた。

「もし、我らが相手のお眼鏡に適《かな》い、依頼を引き受けた場合、経費は別として、前金として二百両。そして、相手を見付けることができた暁には、もう二百両が与えられるとのことです」

大門はにんまりと笑い、顎髯を撫でた。

「しめて四百両ですか。そのうち、権兵衛に口利き料を取られるにしても、これはすごい。殿、ぜひ、引き受けましょうぞ」

文史郎は頭を振った。

「爺、我らが引き受けるといっても、相手のお眼鏡に適わなければ、いかんのだろう？」

「そうなのです」

左衛門はうなずいた。

大門が身を乗り出した。

「どうすれば、お眼鏡に適うというのかな」

「もし、それがしが依頼者だったら、まず面談し、ほんとうに信用ができる人物かどうかを見極めるだろうな。それからでないと、依頼できんのではないか」

「そうでござる。それで、権兵衛は、まず、我らに引き受けるかどうかを打診して来た。爺は依頼の内容を教えてくれねば、引き受けるかどうかお答えできぬ、と望月鼎殿に伝えてくれ、と権兵衛にいいました。あとは、権兵衛が望月鼎殿と話し合い、回答を寄越すでしょう」

「うむ。それでいい。まずは回答を待とうではないか」

「四百両の密命となれば、あちらも慎重になって当然でしょうな」

大門が笑った。左衛門がいった。

「しかし、殿、うまい話には裏がある、というではないですか？」

文史郎はうなずいた。

「爺、その裏を探るのもおもしろいのではないか？」

「殿、拙者も賛成。このところ、もっこ担ぎや用心棒といった仕事ばかりでしたからな。たまに、裏がある仕事を引き受けるのも、一興ではないですか」

大門は笑い、両手を叩いた。

「では、殿、左衛門殿、昼間ではありますが、そろそろ、日暮も近いし、前祝いということで、暑気払いに、冷や酒を一献、いかがですかな」

「うむ。よかろう」

大門の柏手《かしわで》に、勝手の方から、

「はーい、ただいま」

という女将の声が返った。

三

権兵衛を通して、望月鼎が、ぜひとも、お会いしたいといって来たのは、翌日のことだった。

望月鼎は、小石川《こいしかわ》の行源寺《ぎょうげんじ》にいるので、寺までご足労願えないかというのだった。

文史郎が承諾の返事をすると、権兵衛は満面に笑みを浮かべ、揉み手をしていった。

「先方様は、たいへん急いでおられるようで、いますぐにでもとのご要望でございました。よろしければ、これからでもいかがかと」

権兵衛は狸顔を崩し、愛想を振り撒いた。

「これから、小石川か。いいだろう」

「ただし、先方様のご要望がいま一つありまして、お殿様お一人でお越し願いたいとのことなのですが」

「ほう。それがし一人でか。いいだろう」

文史郎はうなずいた。

「しかし、行源寺といっても、場所が分からぬが」

「もちろん、権兵衛がご案内いたしますので、ご安心くださいませ」

左衛門が横合いからいった。

「権兵衛、どうして、先方は殿一人と会いたいと申すのかな?」

「事は内密を要するので、正式にお話が決まるまでは、お殿様お一人とお話したい、と申されるのです。先方様は、話し合いがうまくいかなかった場合をお考えだとのことです」

文史郎は左衛門に向いた。

「爺、心配いたすな。先方が一対一で話がしたい、と申しておるのだろう？　何か理由があってのこと。いいではないか。まずは、それがし一人で相手に会って話をきこう」

「爺としては、少々心配しておるのです」

左衛門は首を捻った。

「何が心配だというのだ？」

「いえ、ちと胸騒ぎがして」

「ははは、爺。それがしは、よちよち歩きの子供ではないぞ」

「それはそうなのですが。どうもいかん。余計な心配をして、年寄りの心配性ですかなあ」

左衛門は哀しげに頭を振った。

大門が笑いながらいった。

「左衛門殿は、これまで、ずっと殿の傅役をして来たので、片時でも殿の傍を離れるのが心配なのでござろう」

「そんなことをいったら、殿も迷惑、爺も迷惑でござる」

「どうでしょう？　会談は殿お一人でなさるとして、小石川のお寺までは、我ら二人が同行してもいいのではないですかな」

「お寺の門前でお待ちします。それなら、いいのでは？」

左衛門も賛成し、文史郎に訊いた。

「いいだろう。そんなに心配することはないのに。仕方ないな。権兵衛、どうだ？」

「寺の門前までならいいと思います。先方様も相談人は殿だけでなく、左衛門様と大門様のお二人もいると御存知のはずですから。では、善は急げ。早速《さっそく》、出掛けましょう」

権兵衛は立ち上がり、番頭を呼んだ。

「番頭さん、舟の手配をしておくれ」

店の内所《ないしょ》から大番頭が返事をし、丁稚を呼んだ。

日本橋から小石川に行くには歩くよりも、猪牙舟《ちょきぶね》で神田川を遡《さかのぼ》るのが早くて楽だった。

猪牙舟は神田川を遡《さかのぼ》り、牛込《うしごめ》御門の船着き場に着いた。

文史郎は権兵衛に続いて舟を下りた。左衛門と大門もあいついで船着き場に乗り移った。

短い石段を登って岸辺に上がると、目の前になだらかな丘陵が拡がっていた。

緑陰の中、参道のような一本の坂道があった。登りはじめはなだらかな坂道だが、途中から石段になっている。

神楽坂《かぐらざか》。

坂道の両側には緑の立ち木が生い茂った屋敷が静かな佇まいを見せていた。

坂道には木漏れ日がまだら模様を作っていた。

権兵衛は坂道を文史郎の先に立って歩き出した。

上から参拝を終えたらしい男や女の町人たちが下りてくる。すれ違い様に、参拝人たちは文史郎たちに挨拶をした。

文史郎たちは権兵衛に案内され、ゆっくりと坂道を登った。

坂を登りきったところに毘沙門天《びしゃもんてん》様のお堂がある善國寺《ぜんこくじ》の境内《けいだい》があった。境内の毘沙門天堂の前に、大勢の老若男女が屯《たむろ》していた。

権兵衛は善國寺の門前にさしかかると立ち止まり、手を合わせた。

参拝に満足したのか、権兵衛はあらためて文史郎に向き直っていった。

「行源寺は、この先にあります」

権兵衛は道の先を手で示した。道は善國寺の門前を通り過ぎると、いったん平坦な道になる。

右手の方から現れる道と交差したあと、そこからはまたなだらかな坂道になっている。

道の先には寺院らしい朱色の建物や甍《いらか》が樹林の中に見え隠れしていた。

権兵衛は道をよく知っている様子で、平坦になった砂利道をすたすたと進んで行く。

右手の雑木林に築地塀《ついじべい》が現れた。

雑木林の梢《こずえ》越しに、寺院の甍が見えた。

太陽の陽射しが燦々《さんさん》と降り注いでいた。

雑木林からはカナカナ蜩の声が喧《やかま》しく響いていた。

その雑木林の中に山門があった。

「こちらにございます」

権兵衛は山門の前に立ち、文史郎にいった。

山門には「行源寺」と彫られた木製の額が架かっていた。

山門の扉は開かれていた。

中を覗くと、境内は森閑として静まり返っていた。

山門から本堂まで石畳の参道が続いている。

本堂の左手には昇殿や鐘楼が見える。

本堂は廊下で僧坊に繋がっている。

本堂の周囲で、作務衣《さむえ》姿の修行僧たちが箒《ほうき》で掃除をしている。

木立から蝉の声が時雨《しぐれ》のように降り注いでいた。

左衛門は、さっと一回り境内の様子を眺め、文史郎にうなずいた。

「殿、異状はなさそうですな。それがしたちは、この山門にてお待ちいたしましょう。何かありましたら、大声で呼んでください」

大門もうなずき、山門の陰の石畳に腰を下ろした。

「では、殿、参りましょう」

権兵衛はまた先に立って歩き出した。文史郎は権兵衛のあとに従った。

本堂から静かな読経の声が伝わってくる。

権兵衛と文史郎は木立の中を抜け、右手の僧坊の建物に向かった。

「望月鼎様は僧坊でお待ちとのことでした」

「さようか」

文史郎は木立の梢を飛び回る小鳥たちの影を見上げながら、権兵衛のあとに続いた。

暑い。坂を登って来たせいもあって、だいぶ汗ばんでいる。

葉の間から洩れてくる陽を手で遮《さえぎ》った。

不意に蟬の声が止《や》んだ。

木立の陰から、ばらばらっと人影が飛び出すのが見えた。猛烈な殺気が文史郎に押し寄せて来た。黒覆面に黒装束の一団だった。

権兵衛が悲鳴を上げ、飛び退いて文史郎の軀の陰に隠れた。

「殿、曲者《くせもの》」

文史郎は権兵衛を背に庇った。刀の柄《つか》に手を掛けた。

黒装束たちは十数人。

「何者だ？」

相手は答えない。

周囲を完全に取り囲まれている。

いずれも抜刀し、刀を下段に構えている。

同じ八相右下段の構え。

日ごろ、集団で鍛錬している殺人剣法だ。

一度に四方八方から斬りかかってこられたら、いかな文史郎でも防ぎようがない。

まして、背には権兵衛がぴったりと張りついており、自由な身動きができない。

文史郎は大刀の鯉口《こいぐち》を切った。

「人違いいたすな。拙者、大館文史郎。それと知って臨《のぞ》んでおるのか？」

黒装束の群れから、頭《かしら》らしい黒装束が進み出た。頭だけは刀を抜いていない。

「剣客相談人大館文史郎殿でござるな」

黒装束たちの頭が低い声でいった。

「いかにも。おぬしらは？」

「問答無用」

いきなり、黒装束の頭は一気に間合いを詰め、抜き打ちで文史郎に斬りかかった。

文史郎は体《たい》を開いて抜き打ちを躱し、同時に背後の権兵衛を突き飛ばした。

権兵衛は小さな悲鳴を上げて、地べたに転がった。

文史郎は斬りかかって来た頭《かしら》の胴に、抜き打ちで刀を走らせる。

頭は、文史郎の攻撃を見越して、飛び退き、すぐさま二の太刀を文史郎に突き入れて来た。

殺気が籠もった鋭い突きだ。

切っ先が文史郎の胸許に延びる。

文史郎は咄嗟《とっさ》に突きを見極め、刀の鎬《しのぎ》で切っ先を受け流した。

火花が飛び、鋼《はがね》と鋼の削り合う金属音がした。
頭の軀は飛び退き、間合いを広げた。
頭は刀を青眼《せいがん》に構えた。
周囲の黒装束たちが、じりじりと文史郎との間合いを詰めはじめた。
「皆、手を出すな。拙者一人がお相手いたす」
頭は周りの部下たちに命じた。
「おぬしら何者だ。なぜ、それがしの命を狙う？」
頭は答えず、無言のまま、左手で大刀を頭上に掲げ、右手で刀身を支えた。
甲源一刀流《こうげんいっとうりゅう》、音無しの構え？
文史郎は青眼に構え、相手の型から次の出方を見極めようとした。
殺気が一段と高まり、文史郎を圧倒しようとする。
出来る。
斬るか斬られるかは、紙一重だ。
文史郎は相討ちの覚悟を決め、刀を右下段下方に構えた。
刀身をゆっくりと返し、切っ先を地面すれすれに這わせる。
心形刀流《しんぎょうとうりゅう》秘剣引き潮。

引き潮のごとく、刀を後ろにぎりぎりまで引く。弓の弦《つる》を引き絞り、つぎに大波となって押し寄せるように、相手に打ち込む。相手の刀が己の身を斬っても躱さず、己は相手を下から一刀両断で斬り上げる。

相手が動き、間が詰まる。

黒装束の頭の軀が動き、同時に文史郎の刀が弧を描いて刎《は》ね上がる。

「待て！　そこまで。双方、止《や》め」

僧坊の方から鋭い声が発せられた。

相手の軀は止まらず、刀が回転し、文史郎の首を薙《な》ごうとした。

文史郎も同時に刎ね上がる刀を止めようとした。

相手の刀は回転しながら、文史郎の首の寸前でぴたりと止まった。

文史郎の刀も刎ね上がろうとしたが、相手の股間寸前で止まった。

相手は飛び退き、文史郎の首の手前で止めた刀を引いた。

文史郎も刀を引き、残心《ざんしん》の構えを取った。

「殿おお、ご無事かあ」「待て、卑怯《ひきよう》であろう」

左衛門と大門が山門の方角から駆け付けるのが見えた。

僧坊の廊下に一人の武士が立っていた。

「双方とも引け。大館文史郎殿、貴殿の剣技の技量、しかと見極め申した。見事だ」

黒装束たちは、一斉に引き、僧坊の陰に引き揚げて行く。

「望月鼎様、これはどういうことですか？」

権兵衛が憤然として立ち上がり、着物についた埃を手で叩き落としながら、いった。

大門と左衛門がどたどたと駆け付け、文史郎の左右に立った。

「殿、これは、いったい、どうしたことですかな？」

「それがしに訊くな。そこに立つ男にきけ」

文史郎は腹立ちを押さえていった。

「大館文史郎殿、あい済まぬ。拙者は望月鼎。まことに失礼いたしした。事をお願いするにあたり、ぜひに貴殿の剣の腕前を試させていただいた」

先ほどまで強烈な殺気を放っていた黒装束の頭は、刀を腰の鞘に納め、覆面を解いて素顔を見せた。

「まことに失礼いたしました。拙者、桐島左近之介《きりしまさこんのすけ》と申す。突然の無礼な不意打ち、まことに申し訳ございませぬ」

もう少しで、桐島左近之介と相討ちになり、斬り死にしていたか。運良く死ななくても深手をまぬがれなかったかもしれないのだ。

「いや、あい済まぬ。ほんとうにお詫びいたす。これには深い訳がござる。ぜひ、拙者の話を聴いていただきたい。さ、僧坊の方にお上がりください」

望月鼎は平謝りに謝りながら、僧坊へと文史郎を促した。

四

望月鼎は、歳は四十代半ば、月代を綺麗に剃って整え、背筋をぴんと伸ばした筋肉質の体軀をした侍だった。

腕の張り具合や首の太さ、滑らかな身のこなし、隙のない所作など、いかにも剣を遣う剣士特有の風格を身に付けている。

望月鼎は僧坊の座敷に入ると、上座に文史郎をつけ、まずは下がって平伏した。

「まことに無礼なる所業をさせてしまいました。申し訳ありませぬ。これも剣客を名乗る貴殿の剣の力量を見計るためのこと。結果、貴殿は真に剣客相談人と名乗るに相応《ふさわ》しい力量の持ち主であると分かり、安堵いたしております」

望月はふっと黙った。

障子戸が開き、静かに修行僧が盆に載せ、白湯《さゆ》の湯呑み茶碗を運んで来た。僧は茶碗を文史郎と望月鼎の前に置いて、頭を下げると、再び静かに部屋を出て行った。

文史郎は、望月鼎がいったい何のために己の腕試しをしたのか、話をききたいと思った。

望月は修行僧の足音が廊下を遠ざかってから、徐《おもむろ》に口を開いた。

「このように人払いさせていただき、相談人殿と直接にお話させていただくのは、ここでお耳に入れた話は、一切《いっさい》他言無用にお願いしたいゆえにござる」

「うむ。よかろう。一切他言はせぬ」

文史郎はうなずいた。

左衛門と大門は、僧坊の中のやや離れた座敷に控えている。

左右両隣の部屋には、桐島左近之介をはじめとする配下の者たちが気配を殺して潜んでいた。

いざ、というときには、襖を蹴破って部屋に飛び込んで来るに違いない。

「……お願いというのは、我が藩に代々伝わる白山霊験《はくさんれいげん》流《りゅう》秘太刀『虎の尾』の継承者を捜し出していただきたいのでござる」

「我が藩と申されたが……」

「福井《ふくい》の越前藩《えちぜんはん》にござる」

「越前藩？　しかし、貴殿は老中阿部雅弘殿の御家中ではないか？」

阿部雅弘殿は福山《ふくやま》藩主のはず。

福山藩の御家中が、なぜ、越前藩のことを依頼して来るのか？

「正直申しまして、拙者は阿部雅弘様の家臣ではございませぬ」

「なに、阿部殿の御家中ではない？」

「拙者、越前藩の大目付《おおめつけ》を務めております」

越前藩三十二万石の大目付？

越前藩といえば、家格は徳川親藩《しんぱん》、それも御家門《ごかもん》である。その越前藩の大目付が、なぜ、筆頭老中の阿部殿の家臣として、依頼をして来たというのか？

文史郎は望月鼎を睨んだ。

どういうことなのだ？

「殿のお疑いはもっともなことでござる。阿部殿は、我が越前藩主松平家の姫を正室、継室に迎えておられ、縁の深い姻戚関係にございます」

「なるほど」

「越前藩としては、あまり表沙汰にしたくないこともあり、藩外の老中阿部殿に事情を話し相談したところ、府中に剣客相談人という生業《なりわい》をする元藩主の若隠居がいると聞く、その御方に相談してみてはどうか、とおっしゃられたのです」

「うむ。それで」

「相談人の大館文史郎様は、いまでこそ大館姓を名乗っておられるが、旧姓は松平文史郎様。しかも、信濃《しなの》松平家の血筋なので、越前松平家とは縁戚関係にある。さらに、文史郎様の御実兄は幕府大目付松平義睦《よしのぶ》様でもある。阿部殿は相談人にお会いしたことはないが、信がおける御方ではないか、と。直《じか》にあたってみよ、と仰せでした」

「ふうむ。それで、それがしを名指しで依頼して参ったというのか？」

「さようにございます」

「それにしては、おぬし、隣の座敷に潜んでいる者たちといい、先ほどのそれがしへの腕試しといい、いささか不躾《ぶしつけ》に過ぎないか？」

　文史郎はじろりと隣室とを隔てる襖に目を流した。

　望月は慌てて平伏した。

「これはこれは、たいへん失礼いたしました。殿はすでにお分りでしたか。これも、万が一の妨害に備えてのことでございます。まこと他意はございませぬので、ご容赦くださいませ」

　望月は襖に向き直り、大声で命じた。

「ここは大丈夫だ。皆の者、直ちに下がれ。怪しい者が、この部屋に近付かぬよう離れて見張れ」

さわさわと人の気配が襖越しに立った。やがて人気《ひとけ》なく静けさが戻った。

望月鼎はあらためて正座し直した。

「まことに失礼いたしました。重ねてお詫び申し上げます。これで、よろしうございましょうか？」

「うむ。いいだろう」

文史郎は左右の襖の陰に人の気配がないのを確かめてうなずいた。

望月鼎は文史郎に一礼した。

「かように用心せねばならぬほど、事情は複雑怪奇、深刻なのです。これまで、拙者《せっしゃ》が大目付として、配下の者にあたらせたところ、つぎつぎに何者かの闇討ちに遭い、命を落としたのでございます」

「白山霊験流の『虎の尾』なる秘太刀の継承者を捜すだけのことなのに、なぜ、闇討ちされると申すのか？」

「それが、謎なのでござる」

望月鼎は首を傾げた。

「おぬしらも知らぬというのか？」

「おそらく、こうなのだろう、という推測はございます」

「申してみよ」

「そも白山霊験流の秘太刀『虎の尾』の由来に関係があります」

「その由来とは？」

「白山霊験流は、我が越前藩こと福井藩が、まだ第三代忠昌《ただまさ》様以前の結城秀康《ゆうきひでやす》様、忠《ただ》直《なお》様時代の北ノ庄《きたのしよう》藩だったころから藩が採用していた剣術流派にございます」

望月はぽつぽつと由来について話を始めた。

慶長《けいちよう》六年の関ヶ原《せきがはら》の戦いに勝利した徳川家康《いえやす》は、戦功があった次男の結城秀康に越前一国六十七万石を与えた。

秀康は柴田勝家《しばたかついえ》の所領だった北ノ庄城を居城とし、北ノ庄藩を名乗り、結城姓を松平に戻し、越前松平家を興《おこ》した。

その秀康を陰に陽に護り、関ヶ原の戦いにおいては、秀康に武勲を立てさせた陰の功労者が、白山霊験流宗家の占部伯琉《うらべはくりゆう》であった。

秀康は占部伯琉をいたく信頼し、越前松平家の守護神として白山霊験流の始祖を崇《あが》めるとともに、占部伯琉に藩を護持する秘儀の宝物を預けたとされている。

占部伯琉率いる占部一族は、以来越前松平家を守護する陰の者たちとして、表には決して出て来なかった。

占部一族は、白山霊験を信仰する修験者たちで、一族の長《おさ》の占部伯琉もいまや始祖から八代目を数えていた。

占部伯琉は、その占部一族を率いる後継者には、代々「虎の尾」なる秘太刀を伝授し、後継者である証《あかし》とした。

その秘太刀「虎の尾」は、占部一族でも占部伯琉と後継者しか知らない秘伝中の秘伝となっている。

越前松平家に代々伝わる遺訓には、松平家の存亡に関わるような事態が訪れた場合には、藩主は占部伯琉、その後継者の知恵や力を借りるようにと書かれてあった。そうすれば、どのような難局も乗り切れるだろう、と。

「……ご承知の通り、天下大いに乱れ、尊皇攘夷《そんのうじょうい》の声が高く、その実行を迫られた幕府は、いまたいへんな苦況に立たされています」

「うむ。それで？」

「藩主松平慶永《よしなが》様、つまり春嶽《しゅんがく》様は、これまでの尊皇攘夷論から、老中阿部様を支持し、尊皇を重視した上での公武合体《こうぶがったい》派に転じました。そのため藩論は二分され、尊皇攘夷派と公武合体派が藩内で厳しく対立しております。一部過激な分子は春嶽様を亡き者にしようと暗躍するほどでござる」

「ふうむ」

「藩内の騒動のため、攘夷派につくにせよ、公武合体派に与《くみ》するにせよ、藩財政は極めて悪化しており、藩存亡の危機にあります」

「なるほど」

「そこで、家老会議の末、大目付のそれがしに、占部伯琉様か、その後継者に会って、知恵と力を借りるようにとのご下命があったのでござる。拙者は、山の占部一族に使いを出し、至急に占部伯琉殿にお会いしたいと申し入れた。ところが、なんと、八代目の占部伯琉殿が急逝《きゆうせい》されていた。しかも、後継者については口外無用として、亡くなったというのです」

「それで、誰が秘太刀を伝授された後継者か分からないと申すのだな」

「さようでござる」

望月鼎は深くうなずいた。

「しかし、占部一族の者なら、長が選んだ後継者について、なんらかのことは存じておるのではないのか?」

「そう思います。そこで、それがし、配下の者に調べさせたところ、どうやら藩内に隠れ後継者がいるらしいと分かったのです」

「隠れ後継者？　隠れとは、どういうことなのか？」

「これまで占部伯琉の後継者は、代々が占部一族の血筋の者が選ばれていた。剣の技に優れただけでなく、占部伯琉の名を継ぐに相応《ふさわ》しい人品いやしからぬ者が選ばれたのだそうです。ところが、八代目占部伯琉のお眼鏡にかなう占部の者がおらず、このたびだけは、占部族外の人物が選ばれたとのことなのです」

「ほほう。占部一族でない人物が選ばれたと申すのか」

「通常なら、占部伯琉殿が秘太刀を伝授し、家督も長の地位もすべて後継者に引き渡すところが、今度ばかりは、それができず、しかも、後継者を決めたのち、自ら命を断ったというのです」

「なぜ、自殺したのか？」

「それが謎でもあるのです。ともあれ八代目占部伯琉殿は、九代目の後継者を選んだのち、自ら崖から海に身を投げたとのこと」

「後継者となった者は、いかがいたしたというのか？」

「後継者は九代目占部伯琉を名乗らず、隠れ後継者となり、市井《しせい》の人として越前藩内に潜んでいるというのです」

「なぜ、隠れておるのかのう？」

「そのわけは分かりません」

「その隠れ後継者を捜し出せと申されるのだな？」

「しかり」

「だが、まだ分からぬことがある。なぜ、その後継者を捜し出すのか、ほんとうの理由が知りたい」

「ほんとうの理由と申されても、それがしは御家老から下命されたことなので、先ほど申し上げたこと以外は知らないのです」

「しかも、その後継者を捜し出すのに、四百両もの大金を出すというのは、よほどの理由があるのではないか？」

「そう申されても拙者も越前松平家に伝わる代々の遺訓しか知らないのです。見付け出したあとは、春嶽様が後継者にお会いになり、何ごとか知恵を授かるのではないか、と」

「ほほう。知恵のう。ほかに目的があるのではないか？」

「どのような？」

「たとえば、越前藩の隠し財宝のありかとか」

「…………」

文史郎の言葉に、望月鼎はしばらく当惑した面持ちになった。

「それは春嶽様でなければ分かりません」

望月鼎は真顔でいった。

文史郎は腕組をした。

「もし、引き受けるとして、越前藩の在所に行かねばならぬな」

「そういうことになります」

「その経費は、四百両とは別なのであろう？」

「はい。もちろんでございます」

「隠れ後継者を捜すにあたっては、もっと何か手がかりはないか？」

「手がかりはございます」

「どのような？」

「藩士の中に何人か白山に入り、占部伯琉門下に入門して、白山霊験流の修行をした者がいるのです」

「その者たちが分かっているなら、隠れ後継者捜しは楽なのではないのか？」

「先ほども申しましたが、捜しに行ったそれがしの配下の者が、あいついで出先で闇討ちに遭い、何者かに殺されてしまった」

「つまり、占部一族の刺客が邪魔をするというのか？」

「占部一族の者かどうかは、まだ分かりません。しかし、相手は腕が立つ者らしい。それがしの配下もかなりの腕前の者たちでしたから。ともかくも隠れ後継者を捜し出されては困る輩がいるらしいのです」

「なるほど。その占部伯琉に入門した藩士たちについて、名前や身許を教えてくれぬか」

「はい。そのために、こちらからは桐島左近之介を案内役としてお付けします」

「うむ。そうか」

桐島左近之介の腕前を思い浮かべた。

橋のように両手で頭上に構える型は、音無しの構えだ。

甲源一刀流。

それも、かなりの技量である。

襲われて殺された望月の配下の者たちも、おそらく桐島左近之介と同様にかなりの剣の遣い手に違いない。それにもかかわらず、斬殺されたとなると、用心にしくはない。

「それがしたちは、越前藩の藩士たちについては何の知識もないのでな。桐島に案内をしてもらわねば何もできぬぞ。それでもよいか」

「結構でございます。お引き受けいただけますでしょうか？」

望月鼎は、両手をついて文史郎を見上げた。

「分かった。お引き受けしよう。ただ、相談人は、それがしだけではない。左衛門や大門たちの了解も得なければならん」

「殿がまずお引き受けくださいますれば、あとは殿のやりやすいようにお調べいただければよろしかろうと思います」

望月鼎はほっとした面持ちでうなずいた。

五

文史郎は帰りの猪牙舟の中で、事のあらましを、権兵衛、左衛門、大門に話してきかせた。

話が終わると、権兵衛がほくほく顔でいった。

「そうでございましたか。お殿様には、依頼を引き受けていただけましたか。それはようございました。口利きをした甲斐があろうというものです」

左衛門が顔をしかめた。

「それにしても、この秋、越前への長旅になりますな」

大門は顎鬚を撫でた。

「左衛門殿、越前は紅葉の季節。きっと見応えのあることでござろう。ねえ、殿」

大門は文史郎に顔を向けた。

「酒は旨いし、魚は新鮮。たしか、越前蟹《がに》が美味だとかいうではありませんか。楽しみでござる」

「大門殿は、物見遊山で越前に行こうとしておりますな」

左衛門は呆れた顔で頭を振った。

文史郎は左衛門や大門、権兵衛の会話をききながら、白山霊験流の秘太刀『虎の尾』とは、どんな剣なのかと考えていた。

日本橋近くの船着き場で、猪牙舟から下りた。

ここからは、いったん小料理屋「鴨や」にでも行き、権兵衛の奢《おご》りで夕餉《ゆうげ》を取ることになった。

陽は西に落ち、あたりは薄暮に覆われていた。

小料理屋「鴨や」に行く道すがら、文史郎は、先刻から何者かに尾行されているのに気付いていた。

早いな。

小石川の行源寺を出て間もなく、文史郎は見え隠れして尾《つ》けてくる人影に気付いた。はじめは、望月鼎の手下が付いてくるのか、と思ったが、どうやら、そうではないらしい。

望月鼎は、文史郎たちの長屋を知っており、尾行させる理由はない。

「殿、いかがいたしますか？」

傍らを歩いている左衛門が文史郎に囁いた。

「いい。放っておけ。用事があるなら、向こうから現れて来よう」

「殿、尾行者は、一人が女子、もう一人は男のようですぞ」

大門が小料理屋「鴨や」の前でつぶやくようにいった。

どこからか、粋な三味線の音色と都々逸《どどいつ》がきこえた。

権兵衛は愛想よく笑い、格子戸を開けた。

「さ、殿、着きましたよ。どうぞどうぞ」

「うむ」

文史郎は店の土間に足を踏み入れた。

「いらっしゃいませ。お客様ですよ。お迎えに出て」

女将の声がきこえた。

「はーい。ただいま」

仲居が大声で叫び、どたどたと廊下を走る足音が響いた。

第二話　越前への道

一

越前藩江戸上屋敷は、大きく門が開かれ、荷車で物が運び込まれたり、商人や武家の使用人の出入りが絶えず騒然としていた。藩主のお国入りを前にして、旅の準備に大わらわなのだ。

文史郎、左衛門、大門、権兵衛の四人は、待ち受けていた桐島左近之介たちに迎えられ、書院へと案内された。

文史郎が依頼を引き受けたことを受けて、藩主の松平慶永が急遽、文史郎に会いたいといって来たのだった。

「こちらで、しばし、お待ちください」

桐島は文史郎にそういい、供侍たちを残して姿を消した。

書院の間は屋敷の中ほどにあって、松や欅《けやき》などの緑の木々が生える庭に面していた。庭には広い池が豊かな水を湛え、水面に陽光が反射して、きらめいていた。

越前の山河を思わせる庭の造作らしい。

絨毯《じゅうたん》が敷き詰められた部屋には、洋風の床几《しょうぎ》が円卓を囲むように配置されていた。

文史郎は背もたれと肘掛《ひじか》けが付いた椅子《いす》に腰を下ろした。左衛門も大門も恐る恐る椅子に座る。

「畏《おそ》れ多いので……」

権兵衛ははじめ遠慮して座ろうとしなかったが、文史郎が「いいから、座れ」と命じると、怖《お》ず怖ずと椅子に腰を掛けた。

やがて、小姓の若侍が盆でお茶を運んで来て、文史郎たちの湯呑み茶碗に急須の茶をふるまい、静かに姿を消した。

開かれた掃き出し窓からは、爽やかな風が入ってくる。まだ残暑厳しかったが、この江戸屋敷は過ごしやすい。

文史郎は薫り高い玉露《ぎょくろ》を味わいながら、ゆったりした気分で寛《くつろ》いだ。

「毛唐《けとう》たちは、こんな床几に座って、飲み食いするのでござるか」

左衛門は頭を振った。

大門が背もたれに背を預け、満足気に顎髯を撫でつけた。

「まるで異人になった気分でござるな」

「床に座るよりも、足許に風が通り、だいぶ涼しゅうございますな」

権兵衛もにこにこしている。

しばらくして、廊下の方に大勢の人の気配がした。

権兵衛がさっと席を立ち、円卓の傍らの床に座った。

「殿、やはり、私はこの方が気が楽にございます」

やがて廊下の襖がするすると左右に開かれ、望月たちを従えた藩主の松平慶永がにこやかな顔で現れた。

権兵衛は平伏した。

文史郎たちは一斉に椅子から立ち、床に座り直そうとした。

「いや、そのままそのまま」

慶永は笑いながら、文史郎や左衛門、大門に床に座らぬように手で制した。

「ここは堅苦しい和風のしきたりではなく、洋風のしきたりで行きましょう。どうぞ、椅子にお座りくだされ。まあまあ相談人の皆様、遠慮は無用でござる。さあ椅子にお戻りくだされ。拙者も椅子に座りますゆえ」

慶永は空いている椅子の背もたれを摑んで引き、腰を下ろした。

「岡部《おかべ》、望月、おぬしらも座れ」

慶永は、壮年の侍と望月鼎に、自分の両脇の椅子を示した。

「はっ」「はっ」

岡部と呼ばれた侍と望月は、慶永の左右の椅子に着いた。

「では、我らもお言葉に甘えて、椅子に座らせていただきます」

文史郎は、大門、左衛門に座るように目配せし、腰を下ろした。左衛門も大門も椅子を引き、浅く腰を下ろした。

慶永は円卓に載せた両手を軽く握った。

「余は春嶽。こちらは、筆頭家老の岡部。大目付の望月は、すでに御存知ですな。二人とも余が信頼している者たちだ」

左の椅子に座った壮年の武士が口を開いた。

「岡部左膳《さぜん》にござる。よろしうお願いいたします」

壮年の家老岡部左膳は文史郎たちに頭を下げた。柔和な目の侍だった。

右側の望月鼎も頭を下げた。

「よろしくお願いいたします」

文史郎はいった。

「拙者、相談人の大館文史郎。こちらに控える者は、篠塚《しのづか》左衛門と大門甚兵衛。いずれも相談人にござる」

左衛門と大門を紹介した。

春嶽はうなずき、気さくな態度で文史郎に話しかけた。

「貴殿は、かつては那須川藩主の若月丹波守清胤殿。しかも信濃松平家の出でござったな。いわば越前松平家とは遠縁の仲。まったくの赤の他人ではない。忙しいときに御呼び立ていたし、まことに申し訳ござらぬ。余の無礼をお許しくだされ」

「いや、それがしは、もう若月丹波守清胤ではござらぬ。いまは隠居して長屋住まいをしている無為徒食の貧乏浪人にござる」

「いやいや。世のため人のため、よろず揉め事を収める剣客相談人をなさっておられるではないか」

「正直申しまして、相談人は糊口《ここう》を凌《しの》ぐための所業でもあります。もちろん、間違ったことはいたしませんが」

「ははは。正直ですな。気に入りました」

春嶽は岡部左膳と顔を見合わせ、爽やかに笑った。

春嶽は慶永が好んで使う号ときいていた。

文史郎は目の前の春嶽が予想していた以上に若くて賢そうな君主なのに内心驚いた。

十一歳にして越前松平家の家督を継ぐと、翌年には、十二歳にして、それまで金権政治の藩政を行なっていた古手の家老を罷免し、自らの費用を半減させるとともに、全藩士の俸禄を減らすという大胆な緊縮政策を断行。財政立て直しを行なった賢君だときいていた。

もちろん、有能な側近たちに恵まれたのだろうとは思うが、それにしても、そういう側近の提言を率直に受け入れて、痛みの伴う政策を断行する肝っ玉のある君主がいなくては、財政改革など望むべくもない。

春嶽という名前のように、きっと厳《いか》つい顔の武断派だと思っていた。

ところが、目の前にいる春嶽は、瓜実顔《うりざねがお》で顎が細く、優しい目をしており、都育ちの公卿《くぎょう》であるかのような気品を漂わせている優男《やさおとこ》だった。

「ははは。それはうらやましいご身分だ。余も出来ることなら、早く隠居をして、好きなことをやってみたいですな」

春嶽は、岡部、望月と顔を見合わせ、屈託《くったく》なく笑った。

文史郎は単刀直入に切り出した。

「ところで、春嶽殿、拙者たちがこうして呼び出されたのには、何かの相談があってのことでござろう？」

「うむ」

春嶽は溜め息をついた。

「実は、少々困ったことがありましてな。岡部、おぬしから話してくれぬか」

「かしこまりました」

家老の岡部左膳はおもむろに文史郎に顔を向けた。真顔だった。

「先に大目付望月を通し、相談人様たちにお頼みしたことですが、それは表の理由でござった。隠れ後継者捜しのほんとうの理由を申し上げます」

「ほんとうの理由ですと？」

文史郎は左衛門と顔を見合わせた。

やはり、隠れ後継者捜しには、裏があったのだ。

「何者かが殿の命を狙っておるのでございます」

「ほほう。それは穏やかではない。誰に狙われているのです？」

春嶽は思い切ったようにいった。

「十日前のこと、在所の屋敷の余の寝所に一本の矢文《やぶみ》が射ち込まれていたのだ」

「矢文ですか？」

「これが早馬で在所から届いた矢文にござる」

春嶽は懐から紙を取り出した。それは、いくつもに折り畳まれた紙片だった。矢に括《くく》り付けてあった手紙だ。

春嶽は文史郎に紙片を手渡した。

文史郎はおもむろに折り畳まれた手紙を開いた。

『近日、御命頂戴仕《つかまつ》る。御国入りくれぐれも御用心なされますよう……』

達筆な字だった。末尾に奇妙な形をした文字らしいものが記されていた。

梵字《ぼんじ》か？

あるいは、ただの悪戯《いたずら》書きか？

「この文字のようなものは？」

大目付の望月鼎が静かに答えた。

「梵字で、バンと読むとのことです」

「梵字ですと？」

文史郎は左衛門と顔を見合わせた。

梵字は卒塔婆に書かれているものしか見ていない。

「調べたところ、その梵字のバンは、真言《しんごん》で、オン　チラチラヤ　ソワカ　を表すとのこと」

オン　チラチラヤ　ソワカ？

文史郎は訝《いぶか》った。

「それは、いかなる意味の真言でござろうか？」

望月はうなずいた。

「飯縄権現《いいなわごんげん》のことだそうです。白狐《びゃっこ》に乗って現れ、不動明王《ふどうみょうおう》が烏天狗《からすてんぐ》の姿で現れることを意味しているとのこと」

「それが、なぜ、白山霊験流宗家の後継者の印だというのです？」

「飯縄権現の化身である天狐が白山を住処《すみか》にしているという白山伝説があるのです。白山は我が越前藩領と隣の加賀藩領にまたがる修験の山。白山霊験流は、その白山山地に生まれた山岳剣法。白山霊験流宗家は、その飯縄権現を祖としており、梵字バンを自ら一族の長の印としているそうなのです」

望月は声を沈めていった。

「この脅迫状は、その梵字の印から見て、白山霊験流秘太刀『虎の尾』を伝授された隠れ後継者が出したものに違いない。それで、相談人殿にお調べ願おうとなったのでござる」

「しかし、その矢文だけで、隠れ後継者が御命を狙っているという証拠にはなりますまい。もしかして、何者かが白山霊験流の隠れ後継者を騙《かた》って、春嶽殿を脅迫しているのかもしれません」

岡部左膳が文史郎の言葉に大きくうなずいた。

「それがしも、そう思います。それで望月殿に早計に隠れ後継者を犯人だとするのはまずいと申し上げた。慎重に調べを進め、誰が何のために、殿の御命を狙っているのかを明らかにすべきだと。

もしかすると、白山霊験流の隠れ後継者を騙った者は、藩内の対立を煽《あお》ったり、攪《かく》乱《らん》しようということかもしれませぬゆえ」

「御家老、そうした輩《やから》について、何か心当たりがあるのでござるか？」

左衛門が尋ねた。

岡部左膳はうなずいた。

「いくつか、ございます」

「どのような？」

「殿は藩財政立て直しのため、家老の松平主馬《まつだいらしゅめ》ら守旧派を一掃し、改革派の若手を登用なさった。そのとき、罷免された守旧派たちは、殿に恨みを抱いているはず」

「なぜ、家老らを罷免なさったのでござるか？」

「金権跋扈《ばっこ》を顧みず、藩財政を窮乏させたためでござる」

岡部左膳は平然といった。春嶽はうなずいた。

噂通りだな、と文史郎は心中で思った。

文史郎は尋ねた。

「その罷免された松平主馬は、いまはどうしています？」

「松平主馬殿はいたく反省したのか、おとなしく処分に従い、自分の屋敷に蟄居《ちっきょ》しております。だが、それまで主馬殿と連《つる》んで甘い汁を吸っていた輩は殿の粛清《しゅくせい》に不満を抱いていることでしょう」

「なるほど。それでほかには？」

「もう一つは、藩内に長州《ちょうしゅう》に通じる尊皇攘夷派の跳ね上がり者たちでござる」

「ふうむ」

「殿は徳川親藩御家門ではあるが、幕政に批判的で、公武合体を進めるお立場にあります。それが尊皇攘夷派には許せない」

「そうでしょうな。ほかに殿に不満を持つ輩は？」

「三つ目に、さらに殿の急進的な藩政改革に不平不満を持つ反対勢力がいます」

「確かに藩政改革は難しい。改革しようとすると、必ず改革に反対する勢力が出るものですからな」

文史郎は那須川藩での藩政改革をやろうとしたとき、既得権を守ろうとするさまざまな勢力が反対したのを思い出した。

「殿は藩政改革にあたり、若手の有能な人物を抜擢《ばってき》登用するだけでなく、藩外からも優れた人材をつぎつぎに招請なさった。それに対してかなりの反発があるのでございます」

「やっかみ、嫉妬《しっと》ですな。しかし、やっかみや嫉妬で、人を殺《あや》めようとすることが多々ありますからな。軽視はできない」

文史郎は腕組をして考え込んだ。

岡部左膳は文史郎に顔を向けていった。

「敵は何者かまだ分かりませぬが、おそらく手ぐすね引いて殿のお国入りを待ち受けておることでしょう。だからといって、このような脅迫状が寄せられたから、お国入りを中止するなどといったら、臆病者として天下の笑い者になる。徳川親藩、御家門である越前藩主として、そのような振る舞いはできません」

「それはそうでしょうな」

望月が岡部に替わっていった。

「そこでお願いなのですが、相談人の方々には、先に在所にお入りいただき、隠れ後継者を捜し出し、ぜひ、この脅迫状の主を捕まえてくださいませんか？　そして、脅迫状の主が、ほんとうに隠れ後継者なのか、それとも誰かが騙っているのか、それをはっきりさせてほしいのでござる」

岡部が付け加えるようにいった。

「本来なら大目付が直接に乗り出して、調べをするべきことなのだが、それでは事が大々的になる。大目付の配下の者二人が、隠れ後継者を捜そうとして、何者かに斬殺されたときく。どうも藩の者だと、いろいろ知り合いがいたり、人とのしがらみがあって、相手に探索の意図が筒抜けになって調べにならぬらしい」

「ふうむ」

望月がまた替わっていった。

「ここは藩の者ではなく、腕が立つ相談人のような方にお調べいただけたらいいのではないか、となったのでござる。当藩の者ではなく、第三者の目でお調べいただければ、はじめから予断なくものごとを見ていただけるのでは、ということでござった」

「なるほど。それで御国入りの行列は、いつ、江戸を御出立なさるのです？」

「明後日。すでに二日遅れております。これ以上日程を伸ばすわけにはいきません」

「ううむ」

文史郎は腕組をした。

親藩、それも御家門の越前藩三十二万石の大名春嶽が御国入りするとなると、供侍や足軽、中間小者、その他軽輩などざっと五百人を下らぬ大行列になる。

大名行列が途中宿場の本陣に入って宿泊するにあたり、本陣では食事の手配からなにやら準備が大変であり、よほどのことがなければ、日程の変更などはできないのだ。

江戸から越前まで、およそ百六十里。大名行列が強行軍で急いでも、二十一日はかかるだろう。

早馬なら、途中の駅で馬を替え、昼夜休まずぶっ通しで馬を駆けさせ、およそ三日で走り抜けよう。だが、人馬ともに疲れ果て、馬を潰しかねない。

馬を潰さぬように随時宿場や駅で、馬を休ませながら行けば、十三日ほどで行くことができるだろう。

十三日で在所に入れれば、春嶽たちの大名行列が越前に到着するまで、まだ八日ほどの余裕がある。その間に、なんとか調べはつくのではないか？

「いかがでござろうか？」

岡部と望月が恐る恐る訊いた。春嶽も黙って文史郎を凝視している。

「分かりました。やりましょう。すでにお引き受けしたことでもあります。いまさら事情をおききした上でお断わりするわけにはいきますまい」

文史郎はうなずき、左衛門と大門に同意を求めた。左衛門も大門も異存なし、とうなずいた。

春嶽はほっとした顔で、岡部左膳、望月と交互に顔を見合わせ、うなずき合った。

「ただ、先に国許に入るには馬が必要でござる。馬を出していただけましょうな」

岡部左膳はうなずいた。

「もちろんです。すぐに馬を用意させましょう。駅での替え馬も用意できるように手配もさせましょう」

「それから、地元の案内人として誰かを出してください。桐島左近之介殿をお願いできれば」

望月がうなずいた。

「分かりました。国許の案内は部下の桐島左近之介にさせましょう。桐島はそれがし直属の配下の者。念のため桐島に、国許で相談人の方々が自由にお調べできるよう殿直々《じきじき》の上意書《じょういしょ》を預けます。相談人の方々は殿に成り代わって捜査に臨んでいるので、その命令は殿の命令だと思えという趣旨の上意にいたします」

「それはかたじけない」

文史郎は大きくうなずいた。

春嶽が頭を振りながら、文史郎にいった。

「いや、相談人殿、感謝いたすべきは、余の方だ。突然の依頼をお引き受けくださり、心から礼を申し上げる」

「春嶽殿、礼には及びませぬ。我らは、相談事を仕事として請け負ったまで。仕事を果たしたときに、お約束の報酬さえいただければ、満足にございます」

文史郎は笑った。

春嶽もつられて笑った。

「おう、そうであったな。そういわれると気が楽でござる。岡部、では、旅の路銀や前金、しっかりお渡しするのだぞ」

「承知いたしました。すでに望月に手付け金などは用意させてございます」

岡部左膳は望月に顔を向けた。

望月は、当然という顔で、書院の隣の部屋に控えている部下に大声でいった。

「誰か桐島を呼べ」

「はい。しばらく」

襖越しに返事があった。

少し間をおいて、廊下の襖が左右に開き、盆を捧げ持った桐島が静々と入って来た。

盆の上に白い紙で包まれた切餅が山となっていた。

二

文史郎たちは急いで長屋に戻り、旅支度に取り掛かった。

気配を察したのか、両隣のお福とお米が文史郎の長屋に顔を出した。

「お殿様、左衛門様、そんなに慌てて、もしかして夜逃げでもなさるのかね」

「まさか。やだねえ、お米さんやうちんとこじゃあるまいし、お殿様たちが大家の安兵衛さんに家賃を滞納するはずがないでないの」

「ならいいけど。どこも、このところ雨続きで商売上がったりだったからねえ。世の中が景気が悪いってことは、相談人の仕事もないってことでしょ」

文史郎は左衛門と笑い合った。

「お福、お米、心配いたすな。ちと所用で、それがしたちは急ぎの旅に出る。しばらく留守にいたすので、帰って参るまで、よろしく頼む」

「ほんとに帰ってらっしゃるのですね」

背の赤子をあやしながら、お福がいった。

「帰って参る。心配いたすな。爺、あれを」

文史郎は左衛門に目配せした。

「はい、はい」

左衛門が懐《ふところ》から財布を出した。中から金子《きんす》を取り出した。

「これは留守をお願いする謝礼だ。受け取ってくれ」

「まあ、やだよ。そんなお金いただけないよ」

お米とお福は頭を振った。

「おぬしたち、夜な夜な、夫婦喧嘩しているのを存じておる。大工も鳶《とび》も、雨降り続きで仕事にならず、金が入らないと騒いでおったではないか」

「あら、きいてたんですかい」

「やだなあ。恥ずかしい」

「きくもきかないも、長屋の板壁は薄いから、すべて筒抜けだ。おぬしらの窮状、よく存じておる。留守番のお代だ、遠慮なく受け取り、家族の飯代にしてくれ」

左衛門はお福とお米に均等にお金を分けて渡そうとした。

「まあ、お米さん、どうしよう」

「どうしようって、受け取れないわ」

「そうよねえ。留守賃といったって、まだ留守番もしていないのにね」

「今回の旅は、少々長旅になりそうなんだ」

文史郎が裁着《たつつけ》袴《ばかま》に脚絆《きやはん》を着けながらいった。

「どのくらいになりそうなのです？」

「二、三カ月になるかもしれない」

左衛門が文史郎の言葉に追加した。

「だから、その間の留守賃だ。何かあったら、紙に用件を書き留めておいてくれ。誰かが訪ねて来たら、二、三カ月は帰らないと伝えてほしいのだ」

お米がふと思い出したようにいった。

「そういえば、今朝、弥生《やよい》様がお訪ねになられましたよ」

「そうそう。弥生さん、お殿様たちが誰かに呼ばれて、権兵衛さんといっしょに出掛けましたよ、といったら、ぷんぷん怒ってました」

弥生は大瀧《おおたき》道場の女道場主だ。女だてらに大瀧派一刀流免許皆伝の腕前で、文史郎も稽古試合では、三本に一本は弥生に打たれる。いや場合によっては、三本に二本取られることもある。

今回の依頼について、弥生には一言もいってない。

まずいな、と文史郎は思った。

「なんと怒っておったか?」

「また、私を除《の》け者にして、権兵衛といっしょに、こそこそ何かを企んでいる、と」

「そう。そんなことをおっしゃっておられた」

弥生の執拗《しつよう》な申し入れもあって、剣客相談人の一員として認めていた。どんな依頼でも、弥生に一言告げる約束になっている。

文史郎は左衛門に顔を向けながら溜め息をついた。

「爺、出掛けにでも、弥生にも一言、告げて出て行かぬと、帰ってきて、えらいことになるのでは」

「殿、そういう弱気はいけませぬぞ。女子にはびしっと言い聞かせねば。ここは男の領分。女子の出る幕にあらず、とびしっといわねば」

左衛門は文史郎を厳しく戒めた。

「そうかのう。びしっとのう」

「そうです。びしっと、びしっとですぞ」

びしっといってきくような弥生ではない、と思ったが、文史郎はそれ以上口に出さなかった。

「お殿様、いいんですか？　弥生さんに何もいわないで旅に出るなんて」

「きっと怒りますよ。また」

お米とお福は、にやにやしながらいった。

左衛門が二人を窘《たしな》めた。

「お米もお福も、余計な波風を立てないようにしてくれぬか。今回の長旅は、男のわしたちでもしんどいと思う。まして女子の弥生殿には難儀なこと。道場を何カ月も放ったらかしにして出掛けることもできまいて」

「そうかもしれませんがねえ」

「私も黙って置いて行かれたら、怒りますよ」

お福とお米は、弥生に同情していた。

「まあ、黙って参るのも、弥生殿のため」

左衛門は旅用の小行李《こうり》を風呂敷で包み、さらに網《あみ》で包んで背中に背負った。胸の前で網の紐を結ぶ。

文史郎も同じようにやや厚手の羽織を着込み、小行李を背負い、旅支度を整えた。

あとは桐島が馬を連れて、長屋に現れるのを待つだけだ。

「大門は、いかがいたしておるかな」

「大門殿も長屋で旅支度をしたら、こちらに現れるはずですが。遅いですな」

左衛門も浮かぬ顔をした。

噂をすれば影。

細小路をどたどたと足音を響かせて、大門が木戸の方から走って来た。

そのあとから、小柄な女剣士の弥生が、小走りに現れた。

文史郎は左衛門と顔を見合わせた。

これはえらいことになるぞ。

大門は屈託なく文史郎と左衛門にいった。

「やあ、殿、遅れまして済みません。道場に忘れ物を取りに行きましてね。これから、急いで旅支度をして来ます。いましばし、お待ちを」

大門はあたふたと自分の長屋に駆けて行くのだった。

弥生は長屋の入り口に仁王立ちすると、額にかかった前髪のほつれ毛を手で掻き上げた。開口一番、低い声でいった。

「文史郎どの、左衛門どの、これはいったい、如何《いか》なことでございますか」

左衛門がお福、お米の陰に隠れた。

「殿、びしっと、びしっとですぞ」

左衛門は小声でいった。

「びしっと、なんですか？」

弥生の鋭い声が飛んだ。

文史郎は頭を掻いた。

こうなったら仕方がないと覚悟を決めた。

「大門からおおよそはきいたであろう？　そういうわけで、わしらは馬で先に参る。弥生を連れて行きたいが、おぬしが出掛けるには、いろいろ都合があろう」

「都合と申されると？」

「ほら、留守中の道場をどうするとか」

「道場は師範代たちに頼みます」

「母上の面倒をみるとか」

「母上は一人でも十分に生活できます。門弟たちの面倒を見ているくらいですから」

「今回は中山道《なかせんどう》を行くのだが、関所がいくつかある。関所を通るのは、女子は難しい」

文史郎はいいながら、はたと思いついた。

「そう。関所では、いまも、入り鉄砲と出女《でおんな》は厳しく取り締まられておる。弥生の通行証を得ようにも、いまからではだいぶ時間がかかるのだ。だから、とりあえず、わしらだけでも先に参ろう、という所存だ」

弥生は美しい顔をちょっと歪《ゆが》めて笑った。

「文史郎様、苦しい言い訳を思いつきましたね。ほんとうは、権兵衛殿から依頼があったときから、それがしを仲間に入れることを失念していたでしょう」

「いや、そんなことはない。のう、爺」

文史郎は左衛門に助け船を求めた。

「爺は前からいっていたでしょう。弥生殿をないがしろにすると、ろくなことはない、と口を酸っぱくして……」

「あ、爺、おぬし、拙者を裏切るのか」

「なんのことです?」

左衛門は素知らぬ顔でいった。

お福とお米がくすくすと笑っていた。

「文史郎様、分かりました。大門様から、いろいろ事情をおききしました。急ぎの依頼であることも。分かりました。どうぞ、御出でください。……行けるものなら」

弥生はすねた目で文史郎を睨んだ。

「弥生、済まぬ。謝る。だから、今回は同行をあきらめてくれ」

「今回だけではないでしょう？　那須《なす》にお戻りになった折も連れて行ってくれませんでしたね」

「分かった。今回もだ。次回には、きっと、いや必ず、いっしょに連れて行く。約束する。武士の誓いだ。のう、爺。爺が証人になってくれるよな」

左衛門は鼻の頭を掻いた。

「殿は、毎回、嘘をつくから、弥生殿も信じてくれないのです」

「爺、おぬしは、どっちの味方だ。びしっといえと申していたのは、爺ではないか」

弥生がきっとした顔でいった。

「びしっと、それがしを連れて行かぬと断れというのでしょ？」

左衛門はとぼけた顔でうなずいた。

「さよう。殿は優柔不断だから、いつも弥生殿にいい顔をして、ほんとうのことをいわない。それで、びしっとしろ、と申し上げていたのでござる」

左衛門は弥生ににっと笑った。

弥生はようやく頬を緩めていった。

「分かりました。今回、文史郎様たちに同行して越前に参るのはあきらめます。ただ、今後も、それがしに内緒で相談人の仕事をなさるのはやめてください。それがしも、相談人の一人のはず」

「分かった。今後はなんでも相談する。弥生に内緒で事は進めない。約束する。今回の報酬も、弥生に分ける。それで許してほしい」

「いいでしょう。文史郎様の言葉を信じましょう」

よかったよかった、と文史郎は胸を撫で下ろした。ようやく弥生は機嫌を直してくれた様子だった。

弥生は左衛門と何ごとかを小声で話していた。

「御免くだされ」

桐島の声が表からきこえた。

木戸の方から馬の嘶《いなな》きや蹄《ひづめ》の音もきこえてくる。

長屋の出入口に、桐島左近之介が現れた。

「殿、お迎えに上がりました。馬をご用意しました。お支度はいかがでしょうか」

「待て。大門がまだ支度ができぬ」

桐島は目ざとく、若侍姿の弥生を認めた。

「もしや、こちらの方が、女剣客相談人の弥生殿でござるか」

「さよう」

弥生は、桐島を振り向いた。

弥生の目は大きく開かれ、桐島の端正な顔を見つめていた。

「それがし、越前藩馬廻り組頭桐島左近之介にござる。お初にお目にかかります。どうぞ、よろしく」

「こちらこそ」

「大門殿からおききしました。弥生殿は大瀧派一刀流免許皆伝とのこと。道場主でもあられるとのよし。素晴らしい。一度、お手合わせ願いたいが」

「よろこんで」

弥生は頰を赤く染め、会釈した。

珍しい、と文史郎は内心意外に思った。

弥生が男を見て、あのような態度を取るのは初めてだった。

ふと見ると、お福もお米も、うっとりと桐島に見惚れている。

どうなっているのだ、これは？

弥生は怖《お》ず怖ずといった。

「あなたの流派は？」

「甲源《こうげん》一刀流にござる」

「音無しの構えの……」

「さよう」

「ぜひ、一度、その剣技をお見せいただきたい」

「喜んで。また江戸へ参りましたら、道場をお訪ねしたいものです」

「いつでもお越しください。汚いところですが、歓迎いたします」

弥生は恥じらいながらいった。

文史郎は少々嫉妬を覚えた。

「いやあ、お待たせしました」

大門があたふたと現れた。

いつもと変わらぬ汚れた袴姿だった。

「大門殿、旅支度は？」

左衛門が訊いた。

「拙者、旅支度も普段の支度も同じでござる。どうせ、旅となれば、袴も小袖も汚れ放題でござろう？　ならば普段着で十分。ただ足許だけはしっかりしないと」

大門は両足を左衛門に見せた。足には、どこで入手したのか、革の靴を履いていた。

「南蛮《なんばん》渡来の履物でしてな。結構な値段はしたが、旅にはこれが一番と権兵衛からいわれて買い込みました。重宝《ちょうほう》しております」

大門は自慢げに足をばたつかせて歩いた。

桐島は引き締まった顔を文史郎に向けた。

「では、殿、皆さん、お揃いのようですので、そろそろ出立いたしたい、と思いますが」

「うむ。では参ろうか」

文史郎は大刀を手に携え、立ち上がった。

桐島が先頭を歩き、文史郎、左衛門、大門があとに続いた。

弥生やお米、お福が見送りに付いて来る。

騒ぎを聞き付け、長屋のあちらこちらから、おかみさんたちが出て来た。どこかで遊んでいた子供たちの一団が駆け戻り、文史郎たちのあとをぞろぞろとついて行く。

木戸の外には、四頭の馬が供侍たちに轡《くつわ》を取られて待っていた。

「殿、どれでも、気に入った馬をお選びください」

桐島は白馬の轡を取りながら、ほかの三頭の馬を手で差した。

いずれも、十分に調教された馬たちだった。

文史郎は黒毛の牝馬《めす》を選んだ。左衛門は栗毛《くりげ》の牡馬《おす》、大門は芦毛《あしげ》の牡馬を選んだ。

「皆さん、お目が高い。いずれも選びぬかれた駿馬《しゅんめ》にござる」

桐島はひらりと白馬に跨がった。

弥生やお春、お米、出て来たおかみさんたちがうっとりと白馬に跨がった桐島に見惚れていた。

文史郎は黒馬によじ登った。左衛門も大門も、どうにか馬の背に跨がった。

突然、弥生が文史郎の馬に近寄り、馬の轡を取り、何ごとかを囁いた。

「どうした？　弥生」

文史郎は訝《いぶか》った。弥生が小声でいった。

「この馬は牝馬ですからね。文史郎様のことをよく頼んだのです。変な女子にひっかからないように、と」

弥生はほがらかに笑った。

「出発しますぞ」

桐島が白馬を先頭に出して歩き出した。

弥生が文史郎の鞍《くら》の下に付きながら、文史郎にいった。

「文史郎様、少しは焼きもちを妬《や》きましたか」

「うむ。なに？」

文史郎は図星を差され、どぎまぎした。

「大丈夫。弥生の心は、いつも文史郎様のおそばにいますから」

弥生はにっと笑った。

「はいどう」

文史郎は照れ隠しに馬の腹を両足でこつんと蹴った。

馬はいきなり走り出した。桐島の白馬を抜いて、通りを走った。あとから左衛門や大門の馬が付いて来る。

「お待ちくだされ」

桐島が慌てて馬を駆る気配がした。

「いってらっしゃーい」

「どうぞ、ご無事で」

振り返ると、長屋へ入る路地の前で、弥生や長屋のおかみさんたちが手を振るのが見えた。

三

文史郎たちは馬を馳せ、中山道を急いだ。

中山道の大きな難所は碓氷《うすい》峠《とうげ》と和田《わだ》峠、十三《じゅうさん》峠だ。これら三つの峠さえ無事に越えれば、そのあとの塩尻《しおじり》峠、鳥居《とりい》峠、馬籠《まごめ》峠はさほど難儀な峠越えではない。

文史郎たちは、朝早く宿場を出立し、昼間のうちに宿場に入って、厩《うまや》で馬に飼葉《かいば》を与え、ゆっくりと休ませた。

強行軍ではあったが、旅は順調に進み、江戸を立って十一日目の夕方には、関ヶ原《せきがはら》の宿場に到着した。

桐島の提案で、この関ヶ原のあと中山道から北国脇往還《ほっこくわきおうかん》に入り、木之本《きのもと》へ抜ける。この北国脇往還を使った方が、中山道を琵琶湖の沿岸の鳥居本《とりいもと》まで行き、そこから北国街道で木之本へ行くよりも近道になるという。

もちろん、文史郎たちに異存はなかった。

その日も暗くなる前に、厩のある本陣宿に入り、馬たちを休ませた。

文史郎たちは風呂に入り、一日の疲れをとった。

風呂を上がって浴衣姿になり部屋に戻った。

女中たちが運んで来た田舎料理に舌鼓を打ち、地酒を酌《く》み交わした。

「殿、ここまで来れば、一安心でござる。城下の越前までおよそ四十里。馬を駆れば、二日で行けましょうぞ」

桐島は酒で赤くなった顔を文史郎に向けて笑った。

文史郎は濁り酒を飲みながらうなずいた。

「うむ。越前に着いたら、どういたすか。まず何から調べるかだ」

左衛門が腕組をした。

「そうですな。隠れ後継者を捜すにしても、我らはまったく越前藩内に不案内ですからな。案内人の桐島氏頼りだ」

「うむ。桐島、頼むぞ」

文史郎もうなずいた。

「万事、それがしにお任せください」

桐島が徳利を、文史郎のぐい呑みに傾け、酒を注ぎながらいった。

文史郎は酒を飲みながら訊いた。

「桐島、それにしても、どうも分からぬのだ。ほんとうのことを教えてくれぬか？」

「と、申されますと？」

「春嶽殿が占部伯琉の隠れ後継者を捜す理由についてだ。おぬしもきいておるのだろう？」

「それがしは、御上から下命されたことを、ただ行なうだけでござる。訳など知りませぬ」

大門が脇から大徳利を差し出し、桐島のぐい呑みに濁り酒を注いだ。

「桐島、さあ、飲め」

「そんなに注いでいただいては……拙者、酒に弱いのです」

「拙者の注いだ酒が飲めぬと申すのか」

「いえ、そういうことではありませぬ。では、いただきます」

桐島はぐい呑みを捧げ持ち、押し戴くようにして酒を飲んだ。飲み干したぐい呑みに、大門はまた濁り酒を注ぐ。

「……それがし、これ以上飲んでは……」

「訳が分からなくなるとでもいうのか？」

「いえ。このところ、酒を断っておりましたので、少々たがが外れるか、と……」

桐島はなみなみと注がれた酒をぐびぐびと喉の音を立てて飲んだ。

「そんな硬いことをいうな。飲めば、少しはおぬしも柔らかくなろう」

桐島は続け様に濁り酒を飲んだためか、ゲップをした。

「しかし、知らぬものは知りませんぞ」

文史郎が笑いながらいった。

「大目付の望月は、越前松平家の遺訓を持ち出し、お家の存亡に関わるような事態になった場合、占部伯琉やその後継者の知恵や力を借りるようにとあり、それゆえに隠れ後継者を捜せ、と最初は申しておった」

「はい。それがしも、そう承《うけたまわ》っています」

桐島は大門が大徳利で注ぐ酒をぐい呑みで受けながらうなずいた。

「ところが、春嶽殿に会ったら、その隠れ後継者からと思われる暗殺予告の脅迫状が矢文として在所の屋敷に射込まれていたそうではないか」

「…………」

桐島は何もいわず、ぐい呑みをあおった。酒を飲み干すと、腕で口許を拭った。

文史郎は訊いた。

「いったい、どっちがほんとうなのだ?」

「……それがし、思うに、どちらもほんとうでござる」

「どういうことなのだ? どちらもほんとうだと申すのは?」

「……ええい。いいや、相談人殿たちも、すでに存じておられるのなら、何も隠すことはない。お話ししましょう」

桐島はやや酔った声でいい、空《から》になったぐい呑みを大門に差し出した。

「そうだよ。わしらは、隠れ後継者を捜す上で同志にならねばならないのだからな。あれ、もう酒がない」

大門は空になった大徳利を振った。左衛門が文史郎の膳の脇にあった大徳利を取り上げた。

「大門殿、こっちにはまだあるぞ」

左衛門が桐島と大門のぐい呑みに大徳利の酒を注いだ。

文史郎は腕組をして訊いた。

「どっちもほんとうだというのは、どういうことなのだ?」

「はじめは、大目付が申されていたように、春嶽様は占部伯琉師にお会いになり、力を借りようとしたのです。それは確かです」

「ふうむ。それで？」

「ところが、肝心の第八代の占部伯琉師が急逝していると分かった。それで大目付の望月様に、九代目の占部伯琉師を捜すようにご下命なさった。しかし、今度の九代目の後継者は占部一族の者ではなく、しかも隠れ後継者で、その正体が分からない、という話になった」

「しかし、占部一族の者は誰が後継者か知っておるのだろう？」

「一部の者は知っています。だが、占部一族は口が固い。隠れ後継者は第九代目の占部伯琉となる人物ですから、後継者が名前を明らかにしてもいいといわない限り、そう簡単には、誰が後継者なのか教えてくれぬでしょうな」

「ふうむ」

「大目付様は春嶽様のご下命があるので、配下の朝田覚之臣《あさだかくのしん》に、ついで御岳武村《みたけぶそん》に、密かに隠れ後継者は誰かを調べるように命じたのです」

「それで？」

「朝田覚之臣は、かつて八代目占部伯琉師に弟子入りし、白山禅常道《ぜんじょうどう》を駆け巡り、白山霊験流を習得した藩士の一人でした。その朝田は調べに入って、間もなく斬殺死体となって発見された」

文史郎は大門、左衛門と顔を見合わせた。

「もう一人の御岳武村という者は、どうした？」

「御岳武村は、朝田が斬殺されたあと、大目付様から密命を受け、隠れ後継者捜しに、城下に潜行したのですが、ある日、突然、連絡が取れなくなった。そして、間もなく城下を流れる九頭竜川《くずりゅうがわ》と、日野川《ひのがわ》とが合流する地点で、御岳武村の死体が杭に引っ掛かっていた」

「斬殺死体か？」

「はい」

桐島は溜め息を一つ吐いた。

「朝田も御岳武村も、共に腕に覚えのある剣士でござった。それがしも、道場で何度か二人と立ち合いましたが、手強い相手でござった。その二人が、いずれも一太刀で斬られるとは、信じられませぬ」

「おぬし、二人の遺体を検分したのか？」

「はい。朝田も御岳も左胸に一突きされたような傷でござった。二人の斬り傷は共に水に浸かってふやけていたにもかかわらず、すっぱりと一線を引いたような見事な斬り口でござった」

桐島は二人の遺体を思い出したのか、頭を振り、ぐい呑みの酒を一気に飲み干した。

「二人の斬り口は同じ太刀筋によるものか？」

「はい。間違いありません。相手は同一人物と思われます」

「二人は、なぜ、殺されたのかな？」

文史郎は訝った。左衛門が浮かぬ顔でいった。

「桐島氏、御岳という剣士が隠れ後継者捜しに選ばれたのは、何か理由があったのでござるか？」

「はい。御岳武村は、もともと占部一族の者でした。子供のころ、養子縁組で御岳家に入り、藩士になった。剣も白山霊験流で、大目録を受けた腕前だったはず。さらに小野派一刀流の免許皆伝でした。後継者捜しには、御岳が最適任者だったのでござるが……」

大門が腕組をし、唸るようにいった。

「二人とも、隠れ後継者に斬られたのでござろうか？」

「なぜ、隠れ後継者が、捜しに来た者を斬るのでござる？」

左衛門が訝った。大門が答えた。

「己のことを、知られたくないからでござろう」

「大門、爺、まだ隠れ後継者が二人を斬ったと断定はできぬぞ」

「殿は、なぜ、隠れ後継者のことを擁護するようにおっしゃるのです？」

左衛門が疑問を投げた。

文史郎は頭を左右に振った。

「擁護しているのではない。まだ犯人はほかにもいそうだからだ」

「たとえば？」

「隠れ後継者に近付く者は困ると考えている者がいるのかもしれない」

「うーむ」

左衛門は唸り、腕組をした。

文史郎は左衛門と顔を見合わせ、桐島に向いた。

「おぬしは、朝田、御岳を斬った者は何者なのか、見当がついているのではないか？」

「……いえ。それがしには、分かりません」

桐島はやや酔いが醒めた顔になっていた。

「もう一度、訊く。なぜ、春嶽殿は、この時期に、隠れ後継者捜しを始めたのだ？」

「春嶽様は、尊皇攘夷派と公武合体派に割れた藩論を収めるため、占部伯琉師率いる占部一族の力を借りようとしたのでござる」

「その訳は？」

「尊皇攘夷派が過激な長州人と連《つる》んで、城下でもいろいろ策動している気配があったからです。いざとなったら占部伯琉師の力を借りて、尊皇攘夷派を押え付けようとしていたのでござろう」

文史郎は訝った。

「ふむ。ほんとにそれだけか？」

「と、申されると？」

桐島はきょとんとした。

「大昔、秀康殿は父家康公から莫大な秘宝を授かったが、それを占部伯琉に預けたのだろう？　藩財政逼迫《ひっぱく》の折、その財宝を取り出そうとしたのではないのか？」

桐島は「ははは」と笑った。

「家康公の秘宝は伝説にござる。言い伝えでは、秀康公は代々の占部伯琉師に、家康公から頂いた莫大な財宝を預けて、白山山中のどこかに隠したというのでござるが、ほんとうのことかどうか、誰にも分かりません。春嶽様は、我らにそんな財宝があったらいいのだが、とは申されていましたが、財宝があるとは信じておりませぬ」

「そうか」

文史郎はうなずいた。

替わって大門が桐島にいった。

「おぬしがいうように、はじめは春嶽殿も助けを求めようとして、隠れ後継者を捜そうとしたとしよう。そこで春嶽殿は大目付に命じ、あいついで二人の者を送り込んだ。ところが、二人は何者かに斬殺された。どうしてだと思う？」

「さあ。分かりませぬな」

桐島は小首を傾げた。

「隠れ後継者、もしくは彼を護る者たちが、隠れ後継者を捜す朝田、ついで御岳を見て、春嶽殿からの刺客が送り込まれて来たと考えたらどうだ？」

「……なるほど。春嶽様が送り込んだ刺客だと思ったら、今度は春嶽様に報復を考えますな」

桐島はうなずいた。

「それが御命頂戴仕るという脅迫状を送り付けるという所業になったと見られなくもないであろう？」

文史郎が訊いた。

「ということは、大門、やはり、あの脅迫状は隠れ後継者が出したと見るのだな」

「はあ。とりあえず、そう考えて、後継者捜しをすべきか、と思いますが」

「うむ」

文史郎は懐から、春嶽から預かった矢文を取り出した。

「桐島、おぬし、春嶽殿に矢で射ち込まれた矢文を見たか？」

「いえ。見ておりませぬ」

「これだ」

文史郎は矢文を桐島に手渡した。

桐島は矢文を拡げ、文面に目を通した。

「末尾の梵字の隠れ後継者の署名の真贋《しんがん》が分かるか？」

「……いえ。それがしには……」

桐島はじっと文面や梵字を睨んだ。

「拙者が知っている心当たりの者に見せれば、分かるかもしれません」

「心当たりの者というのは？」

「白山霊験流を習得しようと、白山に籠もったことのある男です。それがしの親しい友で、今回、後継者捜しに協力してもらおうと思っている男です」

文史郎は桐島に訊いた。

「春嶽殿の命を狙う者については、おぬしはどう思う？」

「殿がおっしゃる通り、この脅迫状だけで、隠れ後継者が送って来たものと断定するのは、早いような気がします。これまで、藩の後ろ盾だった占部一族の長になった後継者が、突然藩主の春嶽様に牙を剝くというのは、どうも腑に落ちないのでござる」

「おぬしもか」

「だから、一刻も早く何者が春嶽様にこのような矢文を送りつけたのか、真相を知りたいのでござる」

「うむ。だから、なんとしても、隠れ後継者を捜し出さねばならんな」

文史郎はいった。

桐島は話を変えた。

「殿は、越前に着きましたら、まず、どうなさりたいですか？」

「隠れ後継者を捜すにしても、占部一族にあたらないと分からぬ。まず白山霊験流の占部一族の長老に会いたい。会えるか？」

桐島はうなずいた。

「分かりました。なんとかしましょう。しかし、普段、占部一族は険しい白山山中に籠もって修行しておりまして、滅多に平地には下りてきません。ですから、こちらから、出向かなければなりません」

「どこへ出向くのだ？」

「平泉寺白山神社の越前馬場でござる」

「越前馬場？」

「そこが白山の越前側の禅常道の入り口にあたるのでござる」

桐島はぐい呑みをあおるように酒を飲み、手で口許を拭った。

文史郎が訊いた。

「禅常道とはなんだ？」

「禅常道と申すは、修験者の修行を行なう山岳道でござる。白山は泰澄大師《たいちょうだいし》によって開山され、山岳信仰の修験の地として崇《あが》められるようになりました。

禅常道は、加賀の白山比咩《しらやまひめ》神社がある白峰白山嶺から、尾根を伝って南に下り、中宮《ちゅうぐう》、大汝峰《だいじょ》を経て御前峰《ごぜん》に至る加賀禅常道。御前峰から分かれて、西の尾根を辿り、平泉寺白山神社に至る越前禅常道、さらに御前峰から南へ尾根を辿って別山《わかれやま》、三ノ峰《さんのみね》を経て、白山中居神社を通り、長滝《ながたき》白山神社に至る美濃《みの》禅常道の三道があります。

禅常道への登り口は三つあり、平泉寺白山神社の越前馬場は、その一つでござる。ほかの馬場は、白山比咩神社の加賀《かが》馬場、長滝白山神社の美濃馬場でござる」

左衛門が尋ねた。

「桐島氏、なぜ、登山口を馬場と称しているのだ？」

「白山山系は神聖な山。その登り口までは、馬で行ってもいいのですが、そこから先は修験地の神聖な結界。馬で上がるのは禁じられております。神社にある馬場に乗ってきた馬を預けて入山するからでござる」

左衛門はうなずいた。

「なるほど。禅常道は、三つの神社が起点になっておりますな。それら三社を束ねて統率しているのが、白山霊験流の占部一族というわけでござるか？」

「いや、そうではありません。三社はそれぞれ、別の修験者一族によって支配されています。昔から加賀馬場と越前馬場は、白山天頂での白山神社の祭祀をどちらがやるのか、ということをめぐって厳しく対立していたのです」

「ほほう」

「両派は譲らず、とうとう幕府に訴え、裁定を求めたのでござった。寛政八年、徳川幕府は白山天頂は越前馬場の平泉寺白山神社領と裁定を下したのでござる。それ以来、白山信仰の祭祀は越前馬場の占部一族が執り行なうようになったわけでござる」

「ふうむ。しかし、はじめから幕府の裁定は、越前馬場になるように決まっていたのではないのか？　越前馬場の占部一族には、徳川御家門の越前松平家が付いているのだから、幕府が越前馬場に不利な裁定をするとは思えないのだが」

「ご推察通りでござる。大昔から、越前馬場の占部一族と、越前松平家は持ちつ持たれつの関係なのです。だから、脅迫状が信じられないのです」

桐島はそういい、酔いが醒めた顔で頭を振った。

廊下の階段に何人かの足音が響いた。

やがて、番頭や手代、女中たちが現れた。

「お客様、そろそろお膳を下げさせていただいてもよろしうございましょうか？　お床を敷きますので」

番頭が廊下に膝をついて、文史郎たちにお辞儀をした。

桐島が真顔でいった。

「殿、そろそろ寝ることにしましょう。明日が早うございます」

「おう、そうよのう」

文史郎は左衛門と大門に寝ようと促した。

ふと見ると、いつの間にか、大門が脇息《きょうそく》に寄り掛かり、こっくりこっくりと船を漕いでいた。

四

翌朝、文史郎たちは、まだ暗いうちに起床し、夜明けとともに関ヶ原の本陣宿を出立した。

北国脇往還は木之本までの近道とはいえ、かなり山道を登り下りせねばならず、楽な道行きではない。

それでも昼前には、木之本に到着し、少し馬を休ませたあと、北国街道を北上して、夕方前には、敦賀《つるが》に入った。

敦賀から越前までは、およそ十六里。馬でなら、ゆっくりでも一日かからない。

その日は無理をして先を急がず、敦賀の旅籠に投宿し、馬たちを十分に休ませた。

夜も早めに休み、翌日に備えた。

文史郎は床に就いたものの、明日は越前ということもあって、悶々として寝付かれなかった。

あれこれと思い浮かび、いろいろと考えることがあったためだ。

白山霊験流を遣う隠れ後継者の九代目占部伯琉とは、どのような剣士なのか？

春嶽や岡部左膳の話では、九代目の後継者は占部一族の男ではないようであった。

八代目占部伯琉は、占部一族の中に、一族を率いる長にふさわしい剣の技量の持ち主の後継者を見付けることができなかったらしい。

八代目占部伯琉が選んだ後継者は、占部一族とは離れ、密かに城下に暮らしているらしいとまで分かった。

なぜ、後継者に選ばれた者は、九代目占部伯琉を名乗らず、隠れ後継者として身を潜めているのか？

自分が、もし、白山霊験流宗家の長に選ばれたとしたら、いかがいたすだろうか？

自分なら、きっと世俗のすべてを捨て、白山に入り、占部一族の人間になる道を選んでいるだろう。自分が占部一族を率いる長にふさわしい人間かどうかは別にして。

そうか。

九代目占部伯琉は、占部一族の長になる自信がなく、正式に後を継ぐのを迷っているのかもしれない。それで、身を隠しているのかもしれない。

いろいろな思念が去来し、文史郎の微睡《まどろ》みを妨げていた。

文史郎は寝返りを打ち、ふと暗がりの中、音も立てずに桐島が部屋を出て行く気配を感じた。厠に立ったのだろう。

左衛門の規則正しい寝息と、大門の鼾《いびき》の不規則な往復がきこえる。

そもそも代々の長占部伯琉が遣う白山霊験流秘太刀『虎の尾』とは、いったい、どのような剣なのか？

桐島は、一度は友人たちとともに、白山に入ったといっていた。桐島ほどの腕前の男だ、きっと白山霊験流は己の目で見ているに違いない。

もしかすると、桐島は目撃しただけでなく、自ら進んで占部一族に混じり、白山霊験流の修行をしたのではないか？

山岳剣法白山霊験流とは、いかな剣法なのか？

文史郎も興味を覚えていた。

遅いな。

文史郎は桐島がなかなか戻らないので、やや心配になった。

今夕も、文史郎たちは夕餉に酒を飲んだ。昨夜と違い、今夜は灘の清酒だった。

桐島もだいぶ深酒し、顔を真っ赤にして酩酊していた。

もしや、厠《かわや》で倒れているのかもしれない。

文史郎はむっくりと寝床に起き上がった。

水が飲みたかった。文史郎は寝床を離れ、廊下に出た。厠は廊下の突き当たりにある。

常夜灯の行灯が何カ所かに立ち、ほんのりと廊下を照らしていた。

廊下は薄暗く、闇に沈んでいた。

ほかの部屋の客たちは寝静まっている。

文史郎はややよろめきながらも、ゆっくりした足取りで厠に向かった。

廊下の先の暗がりに、人影が動くのを感じた。

人影は二つ。いや三つか？

影たちは文史郎に気付いた。文史郎に顔を向け、動きを止めた。

殺気はない。

ほかの部屋の酔っ払いたちかもしれない。

文史郎は気にせず、ゆったりと廊下を歩いた。

いきなり、影たちは二組に分かれた。二人組は窓から瓦屋根にするりと抜け出て姿を消した。もう一人の影は厠の方に走り込んだ。

文史郎は窓から外を見た。

月明かりが、宿の庭の木々をぼんやりと照らしていた。

屋根から飛び降りた二人の影は、生け垣を素早い身のこなしで難なく飛び越えた。

大小、二つの影は暗い通りに走り去った。どこかで、激しく犬が吠えた。

何奴たちだ？

旅籠に忍び込んだ盗人どもか。寝静まった宿の客たちから、金品を盗もうとしたのか。

厠に立ったそれがしを見て、慌てて逃げ去ったのに違いない。

残るいま一人が厠の方に逃げ込んだように見えた。

まだ厠に隠れているかもしれない。

文史郎は厠へと足を進めた。

足許で鼾がきこえた。厠の出入口を塞ぐようにして、廊下にどたりと無防備に寝ている人影があった。

文史郎は寝ている人影に近付いた。

行灯の鈍い明かりに、浴衣の前をはだけ、寝穢《いぎたな》く寝込んでいる桐島が見えた。

あたりに人影はない。

文史郎は桐島の軀を揺すった。

「おい、起きろ、桐島」

「…………」

桐島は意味不明の言葉を喚《わめ》きながら、目を覚まさない。

文史郎は桐島の軀を跨《また》ぎ、厠に入った。厠にも行灯が立てられ、あたりに明かりを投げかけていた。

厠には、二つの戸が並んでいた。

「誰か、いるのか？」

文史郎は声をかけた。人の気配はなかった。

用心深く、二つの戸を順に開けた。暗がりに便器だけが見えた。どちらの厠にも人影はなかった。

文史郎は男便所で用を足した。

厠の奥の窓からさわやかな夜風が入ってくる。影は窓から出て行ったのだろう。窓の外には庭の松が枝を延ばしている。

厠から廊下に出ると、まだ桐島は廊下に大の字になって鼾をかいていた。

「おい、こんなところに寝ていると風邪をひくぞ」

文史郎は桐島を引き起こした。桐島は、それでも目を覚まさなかった。

「しようがないやつだな」

文史郎は桐島を抱え起こし、無理遣りに立たせた。立ったまま、まだ桐島は上半身をゆらゆらさせながら眠っていた。

文史郎は桐島に肩を貸し、ようやくの思いで部屋に連れ戻した。

桐島は寝床に倒れ込み、そのまま鼾をかいていた。

文史郎は、さきほどの人影は何者だったのか、と思いながらも、強い睡魔に襲われ、深い眠りについた。

五

文史郎たちは、翌朝、いつもよりは遅く旅立った。全員が昨夜の深酒で二日酔にかかり、寝坊したのだった。

「そうでございましたか」

桐島は馬上で頭を掻いた。

「おぬし、厠の前に寝ていたのを覚えておらぬのか？」

文史郎は馬上から振り向き、あとに続く左衛門や大門と顔を見合わせて笑った。

「はあ。ぼんやりと覚えているような気もするのでござるが。しかとは覚えておりませぬ。昨夜は飲み過ぎました。だいぶ酩酊したようです。まだ酒が残っているせいか、頭がずきずきと痛みます」

桐島は頭を動かし、顔をしかめた。

文史郎も少し前までは他人事《ひとごと》ではなかった。

朝の食事を抜き、水を何杯も飲んでようやく二日酔が抜けつつあったのだ。

馬の轡を並べた桐島が文史郎に尋ねた。

「殿、それで深夜、廊下で見かけた盗人たちは、どんな風体《ふうてい》の輩でしたか？」

「盗人かどうかも分からぬ。それがしの姿を見たら、急いで逃げて行ったからな」

「覆面をしていましたか？」

「人影は覆面はしてなかったような気がする。いや、していたかな。どちらにせよ、暗かったので顔は見えなかった」

「服装は？」

「そういえば、上から下まで黒装束だった」

「そうでしたか」

「何か気になるのか？」

「盗人でなく、忍びか、と」

「どこの忍びだというのだ？」

「分かりません。起きていたら、それがし、捕らえて白状させたところでしたが」

「そのうちの一人は厠に逃げたから、入り口付近に寝ていたおぬしを跨いで行ったはず。気が付かなかったか？」

「はあ。まったく気付きませんでした。いや、面目ない」

「忍びだったら、どうだというのだ？」

「この北国街道は、間もなく春嶽様の行列も通ります。当然、敦賀宿の本陣にも泊まることになります。それを探っている敵の忍びかもしれなかった」

「敵と申すと？」

「過激な尊皇攘夷派、あるいは、恨みを抱く不満分子など諸々にございます。春嶽様は、尊皇攘夷派をはじめ、いろいろな輩から命を狙われておりますので、それがしも、御上をお守りする者として用心をしておかねばなりませぬ」

「なるほど。そうか。おぬしは馬廻り組頭として、春嶽様の護衛もしておったわけだから、気になるのだな」

「はい。さようで」

桐島はうなずき、頭痛がするのか、顔をしかめた。

文史郎は昨夜の三人の影を思い浮べた。

「そういえば、昨夜の忍びたち、それがしを見付けても、まるで殺気がなかったな」

「そうでしたか。では、ほんとうに盗人だったかもしれませんね。ほかに気付いたことは、ありませんか？」

「三人のうちの一人は、女子だったと思う」

「女子でしたか？　暗いのに、よく女子だと分かりましたね」

「躯付きが小柄だった。それに窓から外の屋根に出る身のこなしが、なんとなく、女の仕草を感じたのだ」

後ろの馬上から、話を聞き付けた左衛門が怒鳴るようにいった。

「桐島氏、殿は若い女子については、雌独特の匂いで嗅ぎ分けるから、三人の影の一人はきっと女子と見て間違いないですぞ」

「匂いで嗅ぎ分けるのですか？」

桐島は文史郎を横目で見、にんまりと笑った。

「爺、また余計なことを申して」

文史郎は苦笑した。

それでも、左衛門にいわれ、廊下に残っていたのは、若い女子が放つ匂いだったのを思い出した。

文史郎たちが越前福井の城下町に到着したのは、西の水平線に太陽が沈んで間もなくのことだった。

文史郎たちは、桐島の案内で、さっそくに家老岡部左膳の屋敷に馬を乗り付けた。

岡部左膳の邸には、江戸から早飛脚で、文史郎たちの到着が予《あらかじ》め連絡されてあった。

屋敷の門前には、留守居役をはじめとした岡部家の一族郎党が顔を揃え、中間下男、女中下女に到るまで総出で、文史郎たちを出迎えた。

「ようこそ、お越しくださいました。お館様から、相談人様を粗相なくおもてなしするよう申し付けられております。まずは、ごゆるりとご逗留くだされい」

老留守居役の心の籠もった丁重な挨拶を受け、文史郎、左衛門、大門は、ほっと安堵の息をついた。

文史郎たちは、馬ともども、十三日間の強行軍でへとへとに疲れ果てていた。

桐島は、留守居役に文史郎を頼むと、早々に自宅に引き揚げて行った。

文史郎たちは馬を馬丁たちに預け、自分たちも旅装を解いた。さっそくに風呂に飛び込んで旅の汗と埃を流した。

その夜、文史郎たちは、越前の郷土料理を味わう間もなく、寝床に倒れ込み、ひたすら眠りを貪《むさぼ》るのだった。

六

翌朝は、雲一つなく、からりと晴れ上がった秋晴れだった。

屋敷の庭には、たくさんの赤蜻蛉《とんぼ》が舞っていた。

文史郎は下駄を履き、庭に出て、周囲を見回した。

池の畔《ほとり》の木々の葉が、いくぶんか赤や黄、茶褐色になりはじめていた。気の早い楓《かえで》や桜《さくら》は、紅葉しかかった葉を落としていた。

秋が駆け足でやって来ている。

吹き寄せる風も、ひんやりと涼しく、肌寒いほどだ。江戸とは違い、空気が甘い。土や木々の香がする。

「殿、ひさしぶりに、ゆっくり休めましたな」

左衛門が両腕を拡げ、大きく背伸びをしながらいった。

「うむ。朝まで夢も見なかったな」

「爺もです。爽快爽快」

後ろから大門が下駄を履き、庭に出て来た。

「殿、腹が空きましたな。秋は、なぜか、食欲が出て困る」

大門はぼりぼりと頭を掻いた。

「大門、おぬし、少しは秋の気配を味わう気分になれぬのか？」

文史郎は頭を振った。大門は腹をさすった。

「殿、拙者とて秋を感じないような不粋者ではありません。腹で秋を感じておりますぞ」

「いかにも大門殿らしい」

左衛門は呆れた声で笑った。

掃き出し窓から、女中が声をかけた。

「皆様、朝餉《あさげ》のご用意ができました。座敷にお持ちいたしますので、お戻りくださ い」

「おう、ありがたい」

大門はほくほくした顔で、さっそく客間へ戻って行った。

いつの間にか、下男たちが寝床をどこかへ片付けていた。

女中たちが四人分の膳を捧げ持ち、客間にそそくさと運んで来た。

床の間を背に二つの膳が並べられ、向かい合うように二つの膳が置かれた。

四人分の膳？

文史郎は訝ったが、すぐに疑問は氷解した。

「おはようございます」

廊下から、さっぱりした顔の桐島左近之介が現れたのだ。

「お疲れは取れましたでしょうか」

桐島は髪結いに月代や顔の不精髯を剃らせたらしく、見違えるように美男になっていた。

「疲れは取れた。おぬしも、すっかり男前になったな」

「殿、お先に、いただきます」

大門はさっさと下座の席に腰を下ろし、胡坐《あぐら》をかいて座った。すぐに箸を取り、味噌汁を啜っている。

文史郎は床の間を背にした席に座った。右には左衛門が座った。

桐島は文史郎の向かい側の膳について座った。

「いただきます」

文史郎たちは、黙々と焼き魚に大根の漬物、梅干し、味噌汁に白米のご飯といった朝餉に箸を動かしはじめた。

食事を終えるころを見計らい、女中たちがお茶を運んで来た。

桐島は「ご馳走さまでした」といい、湯呑み茶碗のお茶を啜った。

食事を終えた文史郎たちも、お茶を啜りながら寛いだ。

「殿、さっそくですが、昨夜、早馬が来まして、春嶽様の行列は進み、昨日、難所の鳥居峠を越えたそうです。これからは上り坂よりも、なだらかな下り坂が多いので、旅も順調に進むことになりましょう」

「あと何日で越前に入ると?」

「およそ十日ほどかと」

「十日か。その間に、なんとか、隠れ後継者を見付け出さねばな」

「それで、本日は、それがしの友人で、先に申しましたが、いっしょに白山に登り、先代の占部伯琉師の手ほどきを受けた芝田善衛門《しばたぜんえもん》を訪ねて、占部一族や白山霊験流についいて、話をきこうと思いますが、いかがでござろう?」

「うむ。よかろう。で、その芝田善衛門殿だが、どの程度、占部伯琉や一族について存じておるのか？」

「それがしが山を下りて城下に戻ってからも、芝田は白山に残り、占部伯琉の下、剣の指導を受けた男でござる」

「どのくらいの期間でござったか？」

左衛門が訊いた。

「そうですな。一冬越えましたか」

文史郎は訝った。

「桐島、おぬしは、どのくらい、白山に逗留したのだ？」

芝田といっしょということは、いっしょに一冬を越したのではなかったのか？

「それがしは、芝田ほど熱心ではありませんでした。一年に一、二度、夏や秋に禅常道に登っては、白山霊験流の手ほどきを受けたぐらい。それがし、御役目もあって、春嶽様に付いて、江戸に下ったりすることが多く、それほど禅常道に通《かよ》うことはなかったのでござる」

左衛門が尋ねた。

「その芝田殿は、おぬしと剣は同じ甲源一刀流の遣い手でござるか？」

「さよう。甲源一刀流は越前藩では習う人が少なく、珍しいのですが、それがしたちは、江戸詰めのころ、甲源一刀流の道場に通ってともに免許皆伝を受けたのでござる」

「そうでござるか。では、芝田殿も、剣については見る目をお持ちですな」

左衛門は満足げにうなずいた。

「しかり。ただ、芝田は最近、病で床に伏せっております。それゆえ、本来ならば、こちらに芝田が参上するのが筋なのですが、それができません。それゆえ、こちらから、芝田の家に出向かねばなりません」

左衛門が気の毒げにいった。

「そうでござったか。病に伏せっておられるのか。その病とは？」

「腰痛でござる。白山で尾根から滑落《かつらく》し、腰を打った。命こそ助かったものの、それ以来、腰の痛みが激しくて身動きできない。それに最近は肝の臓を患い、体力がだいぶ落ちているらしいのです」

「それは気の毒に」

「いまの藩での役職は？」

「軀を壊しているので、小普請《こぶしん》組頭を仰せつかっております」

文史郎は左衛門と顔を見合わせた。

小普請組は小規模な修理や工事などを行なう仕事だが、あまり重要な仕事ではなく、俸禄も低く、役立たない下級武士に与えられる名目上の役目が多い。

桐島は文史郎にいった。

「いかがでござろう。食事が終わったところで、すぐではござるが、芝田の家に伺い、話をきこうと思うのですが」

「では、そうしよう。爺、大門、参ろうではないか。支度をいたせ」

文史郎は左衛門と大門に出掛ける支度を促した。


芝田善衛門の家は、岡部左膳の屋敷から、それほど遠くない武家長屋の中にあった。

武家長屋は、いくつかに間仕切りされており、芝田の家は長屋のちょうど真ん中にあった。

門柱の上部に横木を貫かせただけの冠木門《かぶきもん》があり、それを潜ると玄関先になる。

猫の額ほどの狭い庭には、菜園として野菜が栽培されていたらしいが、いまは雑草が生えていた。

桐島は玄関の格子戸を開き、親しげに中に声をかけた。

「芝田、おるか」

「おう、入ってくれ」

野太いが弱々しい声が返った。

「相談人様たちをお連れしたぞ」

「いらっしゃいませ」

玄関先の畳の間に、やつれた顔の御新造《ごしんぞ》が正座して、三指《みつゆび》をついて、桐島や文史郎たちを出迎えた。

「狭くて汚いところですが、ぜひ、御上がりくださいませ」

破れ襖が開き、不精髯を生やした痩せた男が現れた。

「おう、桐島、それに相談人の方々、よくぞお越しくださいました」

柱に手をつき、背筋を延ばそうとしている。

「こちらが、芝田善衛門殿でござる」

桐島は手で芝田を紹介し、次に文史郎たちを紹介した。

「さあ、上がって、奥へどうぞ。と申しても、すぐに裏に出てしまいますが」

芝田は恥じらいながらいい、文史郎たちを部屋に導き入れた。

「御新造、お邪魔いたします」

桐島は一礼し、そそくさと上がった。文史郎たちも、御新造に頭を下げ、部屋に上がった。

四畳半と六畳二間に、二畳ほどの台所があるだけの狭い部屋だった。

だが、部屋の中はきちんと片付き、二振りの大小が刀架けに掛けられてあり、武士の家である気位は失っていない。

奥の部屋には仏壇、その脇の壁には、厳つく目を吊り上げた虎の絵の掛け軸が掛かっていた。布団が折り畳んで隅に積み上げられている。

御新造の化粧台、四段ほどの古い箪笥、ほかに家具らしいものはない。

簡素で慎ましい生活だった。

文史郎たちは、六畳間と四畳半の部屋に、身を小さくして正座した。

「突然に、お訪ねし、まこと申し訳ない」

文史郎は芝田に頭を下げた。左衛門たちも一斉にお辞儀をした。

「いや。桐島からききました。いまは、春嶽様最大の苦難の折、それがしが、少しでも春嶽様のお役に立つならば、病身に鞭打っても駆け付けねばなりますまい。その覚悟で、相談人様をお迎えしました」

芝田は痩せた胸を張り、毅然としていった。

「綾《あや》、お茶の用意をなさい」

「はい。旦那様」

綾と呼ばれた御新造は文史郎たちに一礼し、台所に立った。

「さて、お話と申されるのは、いかがなことでござるか？」

芝田は咳き込みながら、文史郎に向き直った。

第三話　影を追う

一

台所では御新造の綾がお茶の用意をしていた。

芝田善衛門は言葉を選びながら、ぽつぽつと話し出した。

「お尋ねの占部伯琉殿の隠れ後継者については、それがしも知りません」

「心当たりもないか？」

桐島が尋ねた。

芝田は腕組をし、ちらりと桐島に目を向けた。

「……おぬしが、白山を離れず、あのまま修行を続けていれば、おぬしが老師の後継者になったかもしれぬな。おぬしは老師から目をかけられていた一人だものな」

桐島はうなずいた。

「うむ。師が最も期待していたのは、芝田、おまえだった。おまえのあとは、どうだ？　おまえの目から見ての話でいい。藩から白山に修行に入っていた者の中で、これはと思った武芸者はおらなんだか？」

「なにしろ、それがしはこんな病の身になってしまったからな。その後の修行者については、直接は知らないのだ。噂話でしかな」

芝田は頭を左右に振った。

文史郎が訊いた。

「おぬしたち二人が白山に修行に入ったのは、もしかして、藩命だったのか？」

「さようにござる。二代前の七代目占部伯琉師のころから、つまり三十年ほど前になりますか、そのころから、在所の藩道場で腕を上げた者や江戸で確たる流派の免許皆伝を受けた者の中から、毎年、何人かが選抜され、藩命により、越前馬場に入ったのでござる。もちろん、これはたいへん名誉なことで、白山霊験流を習得した者は、たいていがその後、執政から重用され、出世を遂げた」

「それがしのように怪我をしたり、不治の病にかかって床に伏せなければな」

芝田は自嘲的に笑った。

「芝田、元気を出せ。おぬしの病は不治ではない。噂でいい。我ら以外の修行者で、これはという腕が立つ者の噂をきいていないか？」

「我らの先輩では江尻真人《えじりまさと》様がいる。江尻真人様については、おぬしも存じておろう」

「うむ。しかし……そうか。元側用人の江尻真人様な」

桐島は何かいいにくそうにうなずいた。

江尻真人については、何かいわくがある、というのか？

文史郎は桐島に尋ねた。

「江尻真人とは何者なのだ？」

「あとでもお話ししますが、守旧派の子飼いです。金満政治を行なったので、いまの藩の執政たちから左遷された人物です」

「なるほど。そういうことか」

「与力の朝田は、この江尻真人殿にあたったあとに殺されているのです」

「ほほう」

文史郎は左衛門と顔を見合わせた。

桐島は腕組をし、何かを考えている様子だった。

「一度、江尻真人殿にもあたってみる必要がありましょうな」

「うむ。そうだな」

芝田は続けた。

「我らの後輩では、徒侍頭《かちざむらいがしら》の九頭竜隼人《くずりゅうはやと》がかなりの腕前ときいている」

「徒侍頭の九頭竜隼人か」

「存じておろう？」

「うむ。藩内での尊皇攘夷派の頭目《もく》と目されている男だな」

文史郎は桐島に訊いた。

「九頭竜隼人が隠れ後継者ということはないのか？」

「それはないでしょう」

桐島はやけに断定的にいった。だが、すぐに言い直した。

「いや、それがしはそう思うが。芝田はどう思う？」

「手合せをしていないので、それがしには分からん。だが、尊皇攘夷派の若手たちを束ねているのだから、それなりの人物なのではないか？」

「うむ。九頭竜隼人も要注意人物ということか。これもあたってみるしかないな。ほかに誰かいないか？」

「我らのあとの後輩で、何人かいるらしいが、それがしは分からぬ」

「……殿、ほかに、何かおききになりたいことはありませんか？」

台所から綾が盆を持って現れた。

「粗茶ですが、どうぞ」

綾は文史郎たちと桐島、そして最後に亭主の善衛門の前に湯呑み茶碗を置いた。

「かたじけない。ちょうど喉が乾いたところでござった」

文史郎は綾に礼をいい、茶を啜った。ほんのりと芳しい茶の香がした。

文史郎は芝田善衛門に訊いた。

「後継者のことだが、占部一族の中には、後継者になりそうな人材はおらぬのか？占部伯琉殿の息子とか、親族とかに、一人くらいはいそうなものだが」

芝田はこんこんと咳き込みながら、文史郎に向き直った。

「おるにはおるのですが、八代目占部伯琉様は、占部一族に新しい血を入れようとしていたのです。

占部一族は、越前占部を本家として、加賀支家、美濃支家があるのですが、これは山岳部族の宿命と申しましょうか、血族婚、近親婚が多いので、代を重ねると次第に弊害が出て参ったのです。

そのため、代々の長は、一族に新しい血を入れて子孫に繋ごうと考えた。八代目占部伯琉様も、そのため息子がいても、その白山霊験流の剣技の技量は認めながらも、あえて血縁のない武家の修行者を後継者に迎えようとしたのです」

「なるほど。で、占部伯琉殿の息子とは?」

桐島が芝田に代わって答えた。

「占部白水《はくすい》です。白水は我らとほぼ同じ年齢の男です」

「白水とはいっしょに修行したことがござった」

芝田が述懐するように呟いた。桐島がすぐに付け加えた。

「しかし、白水はひねくれ者の粗暴な男で、占部一族の長にはにつかわしくない不遜《ふそん》な男だった」

芝田が桐島にいった。

「桐島、もう一人、後継者候補がおったではないか。ほれ、白水の従弟《いとこ》の占部中馬《ちゅうま》。老師の弟の占部玄馬《げんば》の息子。中馬は白水よりも年下ではあるが、性格は温和で、人に優しい男だった」

「ああ。中馬だな。やや引っ込み思案だが、それも克服できないことではない。ぐいぐいと人を引っ張っていく指導者ではなかったが、いまになると、中馬こそ占部一族の長に適任だと思うが。白水よりもはるかに良い」

　大門が口を開いた。

「占部伯琉の息子の白水は、ひねくれ者の粗暴な男と申されたな。父親占部伯琉が、自分のことを後継者にしなかったら、だいぶ恨むのではないか？」

「……恨むでしょうな。白水は嫉妬心の強い男だから。我らが修行しているころも、父親が目をかけている弟子がいると、白水は先達《せんだつ》にもかかわらず、目の敵《かたき》にして潰《つぶ》しにかかる。それがしも桐島も、白水にだいぶいじめられたものでした」

「ふうむ。そうだった」

「桐島、おまえは、それで白山に来なくなったクチだった。みんなは、おぬしが白山に修行に来なくなって、寂しがったものだ」

「……そうだったか」

　桐島は茶を啜り、静かにうなずいた。

「特におぬしと仲が良かった志麻《しま》殿は、非常に悲しみ、父親の占部伯琉様や兄者の白水にだいぶ文句をいっていた」

「ふうむ。……」

　桐島と仲が良かった志麻殿？

文史郎は桐島に尋ねた。

「占部伯琉殿には、娘もいたのか？」

「さよう」芝田が代わりに答えた。

「母親の都与《とよ》様似の美しい媛《ひめ》で、それでなくても女人禁制で女っ気なしの白山では、下界に下りて来ると、越前馬場で迎えてくれる志麻様は、まるでさくらが咲いたように艶《あで》やかで、修験者たちみんなの憧れの的であった」

大門は髯を撫でた。

「ほほう。そんな美しい媛に桐島殿は惚れられたというのか」

「さよう。志麻殿は、おぬしが姿を見せなくなってから、しばらくの間、元気がなく、笑わなくなり、まるで萎《しお》れた花のようであった」

「そうであったか」

「たしか志麻殿はいまも独り身ときいたが、そういえば、おぬしもまだ妻帯しておらぬな」

「江戸との往来が激しくてな。妻を娶る暇もない。それに、おぬしのように、綾殿のような美しい花嫁にまだめぐり合っておらぬのでな。あいかわらず独り身を託《かこ》っておる」

「まあ。桐島様はお口がお上手ですこと」

芝田の後ろに控えていた御新造の綾が袖を口許にあてて笑った。

「最近、志麻殿とは会っておらぬのか?」

「うむ。……お会いしていない」

「いまからでも遅くはないのではないか? 志麻殿は、おぬしを待っているのかもしれないぞ」

「たとえそうでも、いろいろ問題があってな。まあいい、芝田、その話はあとにしよう。ここへ参ったのは、志麻殿のことを話すためではないのでな」

桐島はやや顔を赤らめていった。

そうか。桐島も志麻という女に気があるのだな。こうした機会に桐島も志麻に会えばよかろうに。

文史郎は左衛門や大門と顔を見合わせた。左衛門も大門もにやにやしている。同感なのだろう。

桐島が背筋を伸ばしていった。

「芝田、話を元に戻そう。占部伯琉師は、なぜ、白水を後継者にしなかったのか、おぬしの話をしてくれぬか」

「うむ」

芝田も真顔になった。苦しげに咳をした。御新造の綾が芝田の背を優しく撫でた。

「それがし、占部伯琉様から、あるとき、内々に打診された。おぬし、占部の者にならぬか、と。もし、占部一族の一人になる覚悟があれば、白山霊験流の秘太刀『虎の尾』を教えようと」

「ほう。秘太刀『虎の尾』を授けるということは、一族の長になれ、ということか？」

「そうでござる。しかし、一族に入るということは、志麻殿と夫婦になれ、ということでもありましょう。そのとき、すでにそれがしには許婚《いいなずけ》の綾がおりました」

「なるほど。それで？」

「悩みに悩んだのですが、結局、お話をお断わりしました。志麻殿は桐島に惚れていたし、それがしも綾を娶るつもりでしたから」

左衛門が大きくうなずいた。

「白山霊験流宗家よりも、綾殿を選んだわけですな。それはそれでよかった」

芝田は思い出すのも嫌だという顔をした。

「お断りしてから間もなく、白水から陰に陽に、それがしへの嫌がらせが始まったのでござる。おまえなんぞが占部一族に入ったら、血が汚れるとか、いくら親父がおまえの剣技を認めて、宗家を継がそうとしても、俺が許さぬと」

「ふうむ」

「占部伯琉様とは、この秘太刀『虎の尾』を授け、占部の一員になれ、という誘いの話は、他言無用だと約束させられていたので、誰から、そのような話をきいたのだろうか、と心外でござった。白水には、何度もそのような話はない、とくりかえしていたのだが、どうやら、白水は母の都与様からきいたらしいのです。おそらく占部伯琉様は、女房の都与様に口を滑らせたのでござろう。あるいは、都与様に迫られて話したのかもしれない」

「うむ。母親としては、息子に宗家を継がせたいだろうからな」

　文史郎もうなずいた。

　芝田は大きく息をついた。

「それから、しばらく経ってのこと。修行で加賀禅常道を巡った帰り、越前禅常道の尾根の最も峻厳な岩場に差しかかったときでござった。先達の白水が突然立ち止まって振り返り、それがしにいきなり果たし合いを申し入れて来たのでござる」

「果たし合いを？」

「さよう。訳をきこうとしたら、父がおぬしの方が自分よりも剣技が上だと申していた、それゆえ、おぬしに占部一族の長の座を継がせる、と。ここで、どちらが強いか、勝負しろ、と言い出した」

「ふうむ」

「それがしは、必死に、そんなことはない、そんな話は嘘だと申し上げた。そうしたら、おぬしは、長である父占部伯琉師が嘘をつくと申すのか、それは許せぬと、さらに激昂した」

「やくざ者が難癖をつけるような、いいがかりだな」

文史郎は頭を振った。

「そうなのです。白水はいきなり金剛杖で、打ちかかって来たのです。それがしは闘いたくないので、逃げようとしたところ、白水の配下の者たち十数人に囲まれ、逃げ場を失った。止むを得ず、それがしも金剛杖で、応戦したのでござる」

「それで？」

「白水の配下といっても、日ごろ、いっしょに修行していた知った顔の仲間です。できるだけ、怪我をしないよう、お互いに手加減していた。だが、白水だけは違った。殺気を放ち、明らかにそれがしを殺そうと打ちかかって来る。本気だと思った。なんとか白水を打ち払っているうちに、足を滑らせ、岩場から千尋《せんじん》の谷へ転げ落ちた」

　文史郎は頭を振った。

「そういうことだったのか」

　左衛門がいった。

「よくぞ助かったのう」

「はい。奇跡だと思いました。落ちる途中、何度も木の枝に引っかかり、最後に渓流の深みに落ちたらしい。それから川下に押し流され、浅瀬に流れ着いて倒れていたところを、土地の猟師に助けられ、農家で介抱されたのでござった」

「それは運がよかった」

　左衛門は感嘆した。

「全身を打ち、右脚、左脚、両手両腕を骨折し、あばら骨も何本も折っていた。記憶も曖昧模糊《あいまいもこ》としていて、一月《ひとつき》以上、眠っていたらしい。その拙者を夜も寝ずに、献身的に介護してくれたのが、許婚の綾でした」

「そんなことがあったのか」

　桐島が信じられないという顔をしていた。芝田は続けた。

「白水は父の占部伯琉様には、それがしが、卑怯にも突然白水に背後から打ちかかったので、打ち負かし、谷に突き落としたと報告していたそうです。配下の者たちは、白水と口裏を合わせ、占部伯琉様の前で、白水のいう通りだと証言したそうです」

「ひどい男だな」

「それがし、それで、二度と白山には登らぬ決心をしました。桐島にも、そう伝えようとしたが、おまえはお利口さんなことに、それがしの事件が起こる前に、白山に登らなくなっていた」

「それがしが山を下りてから、人伝《ひとづて》におぬしが白水から扱《しご》かれている話はきいていたが、まさか、そこまで白水がやるとは」

芝田は苦々しく笑った。

「腰痛も肝の臓がおかしくなったのも、白水のせいだ。いまごろ恨みつらみをいっても始まらないが」

芝田は頭を振った。

「だから、あんな卑劣な白水が、占部伯琉様の後継者に選ばれなかったのは、当然だと思っておる。あんな白水が占部一族の長になったら、おそらく白山霊験流も滅んでしまうだろう」

文史郎は訊いた。

「おぬしは、秘太刀『虎の尾』を見たことがあるのか？」

「いえ。しかし、占部伯琉様から、多少の手ほどきは受けました。しかし、それが秘太刀『虎の尾』だったかどうかは分からない」

文史郎は唸った。

「どのような剣なのだろう？」

大門もうなずいた。

「興味がありますな。なぜ『虎の尾』と名付けられたのかも気になる」

左衛門は芝田に顔を向けた。

「おぬしは占部伯琉師から、ひどく気に入られておったのだろう？　秘太刀『虎の尾』の由来について、何かおききになっていないか？」

「命名の由来ですか。いまでこそ、秘太刀　『虎の尾』の名がひとり歩きしておりますが、我らが修行していたころは、虎のトの字もきいておりませんでした。桐島、おまえ、きいているか？」

「う？　なんのことだ？」

桐島は何か考え事をしていたのか、慌てて問い直した。

「秘太刀『虎の尾』の命名の由来だ」

「それがしが師からきいたのは、『虎の尾』を踏んではいかん、という警句だったが。御免、師からではなかったか」

桐島は頭を掻いた。

大門が首を傾げながら尋ねた。

「一つ、よく分からぬことがある。八代目占部伯琉師が、秘太刀『虎の尾』をある者に伝授し、後継者として九代目に指名したとして、なぜ、公表していないのだ？」

「発表できないような、何か特別な事情があるのだと思います」

芝田はいった。左衛門が訝った。

「どのような事情でござろうか？」

「桐島、おぬし、どう思う？」

芝田は桐島に話を振った。

「おそらく、白水をはじめとする反対勢力がいるからではないか？」

文史郎が訝った。

「だとして、いつまでも九代目を隠れ後継者にしておくことはできまい。それに、占部伯琉師が死んでいるとして、誰が隠れ後継者なのか知っているというのだ？」

桐島がおずおずといった。

「……秘太刀『虎の尾』を伝授された本人と、立会人ですかね」

「本人ねえ。すると、極端なことをいえば、立会人さえ何人か揃えて、自分が占部伯琉師から指名されたと名乗りを上げたら、誰でも九代目を名乗れることにならないか？」

左衛門が疑問を挟んだ。

「伝授された秘太刀『虎の尾』は、いかがするのです？」

「占部一族の者でさえ、秘太刀『虎の尾』を見たことがない秘技なのであろう？　剣の達人ならば、勝手に自己流の秘太刀をでっち上げることができように」

芝田が笑いながらいった。

「そんなことはない、と思います。たしか、占部伯琉師から秘太刀『虎の尾』が伝授されるときの秘儀と立会人について、おききしたことがありました」

文史郎は訝った。

「ほう、どのような秘儀と立会人だというのだ？」

「秘儀が行なわれる場所は、白峰白山嶺の本宮か、あるいは別宮を祀られた東尋坊の聖なる岩棚。そして、秘儀の立会人は、占部九人衆が務める、と」

「占部九人衆とは、何者なのだ？」

「越前、加賀、美濃の三部族から、三人ずつ選ばれた古老、先達たち九人からなるそうでした。その占部九人衆の立ち合いの下、秘太刀『虎の尾』が伝授され、後継者が決まるのです」

「なるほど。その占部九人衆を束ねる頭は？」

「越前占部の最長老で、占部伯琉の父の占部伯嶺《はくれい》様です。いまもそのはず。もし亡くなるようなことがあれば、白山において、一大葬儀が行なわれるでしょうからね」

占部伯嶺。占部伯琉の父だということは、白水の祖父になる。

「いまもお元気だとすれば、年齢は八十八歳でしょう。八代目占部伯琉師亡きいま、占部伯嶺様は最大の実力者です。占部伯嶺様に逆らえば、占部一族から永久追放され、二度と白山には戻れないでしょう。ですから、立会人の九人衆と占部伯嶺様がいる限り、何人《なんぴと》たりとも後継者を詐称することはできますまい」

話を終え、芝田は激しく咳き込んだ。額に脂汗が浮かんでいる。

文史郎は左衛門に目配せした。左衛門はうなずき、懐に手を入れた。

「旦那様、お薬を」

御新造の綾が、薬の紙包みと、湯呑み茶碗を差し出した。

「うむ」

芝田は綾に背中を支えられ、紙包みの薬を口に入れ、湯呑み茶碗の水をごくごくと飲んだ。

「芝田殿、長い時間、ご病気のところ、話をきかせていただき、かたじけない。感謝いたす」

「なんのなんの。お役に立つような話はしておりませぬ」

「いや、芝田。おぬしが、そんな酷《ひど》い目に遭っていたとは初めてきいた。たいへん大事な話だった。ありがとう。それがしからも感謝いたす」

桐島は頭を下げた。

左衛門が膝で進み出た。

「これは、殿からの貴殿へのお見舞いでござる。どうぞ、お受け取りくだされ」

左衛門は金子《きんす》を包んだ懐紙をそっと芝田の前に差し出した。

「いえ、このような……」

「ぜひ、いい医者に診てもらってください。診察料金、薬代として、どうぞ、お受け取りをお願いします」

文史郎は頭を下げた。芝田夫婦は下を向いた。

桐島も懐から懐紙の包みを出し、綾の手に握らせた。

「芝田、受け取ってくれ。そして、一日も早く元気になり、現役復帰してほしい。それがしからもお願いだ」

「かたじけない」「かたじけのうございます」

芝田夫婦は、深々と両手をついて、文史郎たちに頭を下げた。

二

文史郎たちが、家老岡部の屋敷に戻ったのは正午を過ぎたころであった。

朝、爽やかに晴れていた天空には、いつの間にか、薄くうろこ雲が拡がっていた。

座敷に戻ると、お付きの女中たちがすぐにお茶を運んで来た。

文史郎は座敷の掃き出し窓の縁に腰を下ろし、熱いお茶を啜った。池の水面をきらめかせる陽光の舞いに目を細めた。

「皆、芝田の話をきいて、いかがに思った？」

後ろに座っていた左衛門が口を開いた。

「藩命で白山に上がった藩士たちで、江尻真人と九頭竜隼人は要注意ですな。あたってみるべきかと」

「そうだな。ところで、桐島、おぬしも藩命で白山に上がった一人だったとは知らなかった。なぜ、そのことを黙っておった」

「申し訳ありません。殿にきかれなかったもので、お話しませんでした。いずれ、お話しようとは思っておりましたが」

桐島は頭を下げた。

「まあいいだろう。ところで、おぬし、江尻や九頭竜以外に、後継者の候補になりそうな先輩や後輩について、誰か心当たりはないのか？」

「……つらつら考えたのでござるが、ありません。拙者の部下で白山修行組が一人いたにはいたのですが、剣の技量がそれほどではないので、後継者候補とはいえず、しかも先日殺されてしまいまして」

「なに、先日、殺された？」

「はい。先にお話した朝田覚之臣でございます。朝田は、それがしのいる馬廻り組から、急遽大目付様の配下の与力に抜擢された者にござった」

「そうか。朝田は、誰に、なぜ殺されたのかも調べる必要があるな」

文史郎は腕組をした。

左衛門がうなずいた。

「さようでござるな」

大門が首を捻りながらいった。

「ところで、殿、芝田殿の話をきいていて、ふと考えたことなのですが、後継者は、なぜ隠れておるのですかね」

「そのことは、それがしも不審に思っているところだ」

「隠れている理由ですな？」左衛門も考え込んだ。

文史郎はいった。

「正体を隠しているのは、もしかして、今回の春嶽殿への暗殺予告にからんでのことかもしれぬ。正体を明らかにしてでは、春嶽殿の暗殺が難しいではないか？」

「なるほど。正体が分かれば、春嶽殿もすぐ捕り手を差し向け、捕まえることができましょうからな」

左衛門もうなずいた。

背後に控えた桐島が口を開いた。

「占部伯琉殿の後継者は、はじめから春嶽様暗殺のために姿を隠している、と申されるのですか？」

「うむ。そうも考えられないか？」

「……いや。それがしは、そうとは思いません。何か名乗れぬ事情があるのではないか、と思うのです」

「名乗れぬ事情があるというのか？　どのような事情だと思うのだ？」

文史郎は振り向いた。桐島は困った顔をしていた。

「……それは分かりません」

「しかし、なぜ、そう思うのか、何か根拠があるのであろう？」

桐島はうなずいた。

「はい。というのは、これまで歴代の占部伯琉様は、越前松平家を守護して来ました。なのに新たに選ばれた後継者が、突如、主家の春嶽様を暗殺するなどと言い出す理由が分かりません。占部一族は、主家に反旗を翻すことなど毛頭考えておらぬと思います。占部一族が越前松平家に敵対する理由もありません」

「なるほど」

「それに、占部一族は、そもそも隠れ後継者の名で、春嶽様に脅迫状の矢文が届いているということ自体、誰も知らないのではないか。誰かが勝手に後継者を騙って、脅迫文を送り付けたのかもしれない」

「誰が、なぜ、そんなことをしたというのか？」

「誰とはまだ分かりませんが、占部一族に恨みを持つ者の仕業だろう、と思います。おそらく狙いは、占部一族と越前松平家との間の不信感を募らせ、対立を煽《あお》ろうとしてのことではないか、と思います」

「なるほど。ありうることだな。分かった。桐島、まずはそれがしを占部一族の長老たちに会わせてくれぬか。彼らから、直接話をききたい」

「分かりました。すぐに手配しましょう」

文史郎は、左衛門と大門に顔を向けた。

「春嶽殿の行列が到着するまでに、あまり日数がない。ここからは二手に分かれて行動しよう。それがしは桐島に案内して貰い、平泉寺白山神社に行く。おぬしたち二人は、その間に江尻真人や九頭竜隼人にあたってくれぬか」

「そうでござるな。いつも金魚の糞となって、殿のあとについて歩くのも能がない話でござろうし」

「ですが、殿には桐島殿がついているからいいですが、我ら二人は、この越前の道はまったくの不案内でござる。どこへどう行ったらいいか分からない。誰か、桐島殿に代わるような案内役はおりませぬかのう」

大門は途方に暮れた顔をした。

文史郎は桐島に目をやった。桐島は、うなずいた。

「すでに殿から頼まれていましたので、それがしの手下を二人、呼んであります」

桐島は廊下の方を振り向き、大声で呼んだ。

「ふたりとも、こちらへ参れ」

廊下越しに、どこからか返事があった。

やがて、二人の人影がそそくさと現れ、座敷に入った。壮年の侍と侍姿をした娘だった。

侍と女は文史郎たちの前に座り、頭を下げた。

桐島がいった。

「ご紹介します。このふたりは、それがしの配下の新田里衛門《にったりえもん》と朝田秋《あさだあき》にございます」

「それがし、新田里衛門にござる」

「わたくしめ、朝田秋でございます」

新田里衛門は精悍な顔付きで、見るからに剣が遣える侍だった。だが、物静かで落ち着いた態度を崩さなかった。

朝田秋も瑞々《みずみず》しく、整った顔をした娘だった。小柄だが、敏捷そうな体付きをしている。

「おう。これはこれは。拙者、大門と申す」

大門は満足げに頰の筋肉を緩めて名乗った。

「よろしく頼みます」

左衛門も嬉しそうに挨拶した。桐島は二人を手で差しながらいった。

「新田は、長年目付の下で捕り方の同心をしており、今回、それがしがあえて馬廻り組に引き抜いた者にございます」

「どうぞ、お見知りおきくださいますよう」

新田は両手をつき、お辞儀をした。

「こちらの朝田秋は、先に何者かに斬殺された朝田覚之臣殿の娘にござる」

「そうか。朝田覚之臣殿の娘御であったか。お悔やみ申す」

「ふつつか者ではございますが、よろしくご指導をお願いいたします」

「こちらこそ、お頼み申す。のう大門殿、我らも、これで自由に調べることができ申そうぞ」

左衛門と大門はにこやかに顔を崩した。

文史郎は、ふと敦賀の本陣宿の廊下で、深夜に見かけた二人の人影を思い出していた。あの二人も男と女だった。

「もしや、おぬしたち、前にそれがしと会ったことはないか？」

新田と秋は顔を上げ、きょとんとした表情で顔を見合せた。

桐島は怪訝な顔をした。

「どちらででござる？」

文史郎は笑っていった。

「まあどうでもいい。二人とも、爺とこの髯を、よろしく頼む」

「かしこまりました」

二人は揃って頭を下げた。

文史郎は左衛門と大門に顔を向けた。

「調べたいことは山ほどあるが、まず左衛門には江尻真人にあたってもらおう。大門は九頭竜隼人にあたってくれ」

「はい」

「分かりました」

左衛門と大門はうなずいた。

左衛門が大門や新田、朝田秋にいった。

「では、江尻と九頭竜に、どうやってあたるかの策を練ろう」

左衛門たちは、座敷に車座になった。

桐島は、その様子を見て文史郎にいった。

「では、殿と拙者は、さっそくに越前馬場に参りましょう。昼のうちなら、平泉寺白山神社に、まだ占部一族の修験者たちがいるかもしれません」

「ここから越前馬場に行くには、どれほどかかるのだ？」

「勝山《かつやま》城下まで、およそ六里ほどでござる」

「馬で行けば、さほど遠くはないな」

「はい。しかし、途中までは九頭竜川沿いのなだらかな道ですが、上流域の勝山藩領に入ると、結構険しい山道になります。馬でもかなり時間がかかりましょう」

越前馬場の平泉寺白山神社は、勝山藩領内にある。

平泉寺白山神社に行くには、まず勝山城下町に入り、そこから、さらに深い山道を行かねばならない。

「行って占部の方々とお会いするとなると、とても今日のうちには戻れないでしょう」

「泊まり掛けになるというのだな」

「さようで」

「いいだろう。馬場というからには、宿坊もあろう。なければ野宿でもいい」

「ご安心を。越前馬場には宿坊があります。万が一、宿坊に泊まれなくても、勝山城下に戻れば旅籠が何軒もあります」

「勝山城下は馬場から近いのか？」

「およそ一里ほどです」

「よし。すぐに出立することにしよう。馬の手配を頼む」

「はい。すぐに手配をさせます」

桐島は朝田秋に命じた。

「朝田、厩へ行き、馬を二頭引いて来るようにいえ」

「はい。ただいま」

朝田秋は弾かれたように立ち、足音も立てずに廊下に消えた。

三

九頭竜川に沿った道は、はじめは田畑の多い平坦な道だったが、次第に起伏の多い山道になった。

眼前には白山山系のごつごつとした岩肌の嶺々が拡がっている。

山道はなだらかな丘陵をいくつも越え、九頭竜川の上流域に延びている。周囲の田畑は姿を消し、やがて緑の濃い樹林の中に入って行く。

小さな峠を越えると、目の前が開け、越前勝山城と、その城下町が見えて来た。

越前勝山藩二万二千石。

かつては越前松平家の領地であったこともあるが、いまは譜代の小笠原《おがさわら》家が領主となっている。

「ここまで来れば、もう一息です。この城下町には入らずに、川を越えて一走りすれば、越前馬場です」

桐島は、そういうなり、馬に鞭《むち》を入れた。

文史郎も鐙《あぶみ》で馬の腹を蹴り、桐島の馬を追った。

九頭竜川の浅瀬を向こう岸に渡った。

道は鬱蒼《うっそう》とした樹林に入って行く。

桐島は馬の歩を緩めた。文史郎も馬を駆るのを止めた。

険しい山道に馬を進めるにつれ、あたりはますます濃い緑の樹林になった。

やがて鳥居が見え、そこから先は古い石段の参道になっていた。

桐島は鳥居の手前で下馬し、馬の轡を取った。

「殿、着きましたぞ。ここからは歩きになります」

「うむ」

鳥居からは神聖な結界《けっかい》になる。

文史郎も馬を下りて、馬の轡を取った。

桐島と文史郎は馬の手綱を引きながら、石段をゆっくりと登った。

石段の上に古びた構えの社寺が見えた。

階段を登りきると、境内の光景に、思わず文史郎は息を呑んだ。

境内は一面、柔らかな緑の苔《こけ》に覆われていた。

寺社の周りには、鬱蒼とした杉林が広がっている。樹齢何百年もするような杉の大木が何本も立ち、枝を伸ばして陽光を遮っていた。

ひんやりとした空気が漂っていた。

ひっそりと静まり返り、蟬の声もきこえない。

どこからか、読経の声がきこえる。

本堂があり、本堂に廊下で繫がって僧坊の建物が並んでいる。

桐島は本堂に向かい、手を合わせ、もぞもぞと真言を唱えた。

文史郎も合掌し、無事越前馬場に到着できたことを神に感謝した。

「こちらでござる」

桐島は文史郎に促し、先に立って歩き出した。

僧坊の脇を通り、境内を抜け、さらに奥に続く杉の木立の間の小道を進む。

やがて木立の間から、朱塗の真っ赤な鳥居と、同じく朱塗の建物が見えてきた。こちらには宿坊らしい建物や厩が建ち並んでいる。

こちらの建物には、白い作務衣や白装束の修験者たちが、境内を掃除したり、馬の世話をしたり、忙しく立ち働いていた。

「ここが馬場でございます」

桐島は振り向いていった。

竹箒や熊手で庭の掃除をしていた白装束の修験者たちが桐島と文史郎に気付き、掃除の手を止めた。

「ここで少々、お待ちを。それがし、交渉して参ります」

桐島は、そう言い置き、馬を引いて、修験者たちに歩み寄った。

修験者たちは、一斉に桐島に向かって頭を下げて迎えた。

桐島は修験者たちと何ごとか話をした。

すぐに話はついたらしく、文史郎に振り向いた。

「殿、よかった。古老の占部伯嶺様をはじめ、皆様、こちらに居られるそうです」

修験者たちの一人が、駆け足で宿坊へ知らせに戻った。

「馬はいかがいたす？」

「帰るまで預かっていただきましょう」

桐島は修験者の一人に馬を預けた。

「……お久しぶりにございますな」

「……ぶりかのう」

「お元気そうで何よりでございます」

「おぬしらも……」

桐島は修験者たちと顔見知りらしく、親しげに言葉を交わしている。修験者たちは桐島を先達のように丁重に敬い、歓迎している様子だった。

別の修験者の若者が文史郎に駆け寄った。

「御馬、お預かりいたします」

「うむ。お願いいたす」

文史郎は馬の轡を、修験者の若者に手渡した。

馬の轡を取った修験者は、厩の方へ馬を連れて行った。

「殿、こちらへどうぞ」

桐島は文史郎に頭を下げた。修験者たちは、桐島の様子を見て、文史郎へも敬いの眼差しを向けた。

「桐島、おぬし、ここでは、だいぶ顔が広そうだな」

「以前は、こちらに入り、占部一族の若者たちといっしょに生活をともにし、厳しい十界修行を積みました。皆同じ釜の飯を食べた修行仲間で、兄弟のように親しいのです」

桐島は笑いながらいった。

「そうか。同じ釜の飯を食った仲のう」

文史郎は桐島について歩いた。

歩いて行く先々で、すれ違う修験者たちは皆、桐島に頭を下げた。そのたびに桐島はいちいち目礼を返していた。

宿坊の棟の前を過ぎると、神社本殿の建物の前に出た。大社造りのような本殿で、屋根は甍造りで、切妻《きりづま》屋根の破風《はふ》になっている。

神社本殿の周りを、築地塀が取り囲んでいる。

桐島は本殿の門の前に立った。

「こちらが、占部伯嶺法印のお住まいでござる」

門番の修験者姿の男が、桐島の顔を見ると、大声で中にいる門番たちを呼んだ。

「桐島左近之介様ではないですか。ようこそお越しくださいました」

門番たちは桐島を最敬礼で出迎えた。

「……取り次いでくれぬか？」

門番の一人が弾かれたように本殿に駆け戻った。

「……こちらは、それがしの大事な客人だ。粗相のないように」

桐島が門番頭にささやいた。

本殿から門番といっしょに、何人かの修験者たちが現れた。

「……桐島ではないか」

そのうちの一人が、呻くようにいい、ぎょろ目で桐島を睨んだ。ついで、文史郎のことを上から下まで、舐めるように見回した。

日焼けした顔の精悍な青年だった。眼光鋭く、顎のえらが張っている。筋骨逞しく、いかにも激しい山岳修行を積んだことを窺わせる体軀をしている。

男といっしょにいる修験者たちは、その男の手下らしく、桐島と文史郎を険のある目付きで睨んでいた。

「……桐島、おぬしのような脱落者が、どの面下《つら》げて、のこのこと現れた」

桐島は毅然としていった。

「白水、おぬしに会いに来たのではない。尊師にご挨拶するために上がったのだ」

文史郎は、そうか、と思った。

この傲慢な態度の男が、芝田を尾根から滑落させた占部白水か。

白水は薄い唇を歪め、酷薄な笑みを頬に浮かべた。

「笑止《しょうし》。ここは凡夫のおぬしらの来る場所にあらず。尊師はおぬしらにお会いする暇はない。さっさと引き揚げるのだな」

桐島は臆せず、丁重にいった。

「尊師に、ぜひともお目通りを願いたい。占部一族に関わる一重大事があるのでござる」

「……一重大事だと？　なんだ、それは？」

白水は顔をしかめた。

「尊師に直接お目にかかってお話することだ。おぬしにではない」

「なんだと」

白水は気色《けしき》ばんだ。本殿の奥から声がかかった。

「白水、何ごとだ？」

白水たちの後ろから、白装束姿の修験者が現れた。

「おう、誰かと思ったら、桐島法印ではないか」

男は桐島に気付き、満面に笑みを浮かべた。

「占部玄馬法印、ご無沙汰いたしております」

桐島は壮年の修験者に頭を下げた。

白水と、その手下たちは苦々《にがにが》しそうに後ろに退いた。

占部玄馬は白水を叱った。

「白水、なぜ、桐島殿に上がって貰わぬのだ？　せっかく訪ねて来てくれたというのに」

「叔父上、しかし、こやつ、こそこそと越前馬場から逃げた者でござるぞ。そんなやつを本殿に上げるわけにはいきませぬ」

白水はぶすっとした顔で不貞腐《ふてくさ》れた。

占部玄馬は苦笑いした。

「白水、桐島殿は逃げ出したのではないぞ。故あって出たのだ。尊師も承知の上だ。そうだな」

「はい」桐島は頭を下げた。

「尊師も、おぬしの顔を見たら、きっと、お喜びになろう。ともかく、上がれ」

「ありがとうございます」

占部玄馬は文史郎を見て訝《いぶか》った。

「ところで、そちらの御方は？」

「剣客相談人の大館文史郎様にございます」

「剣客相談人？」

占部玄馬は怪訝な顔をした。

文史郎は自己紹介した。

「よろず揉め事、相談承《うけたまわ》ります、という職業でござる」

桐島が付け加えた。

「文史郎様は元那須川藩主若月丹波守清胤様。もともとは信濃松平家の三男坊で、越前松平家とも縁戚関係の御方にございます」

「ほう。越前松平家の御親戚でござるか」

「ははは。と申してもよいほど遠縁も遠縁。赤の他人といってもいいほど遠い」

文史郎は自嘲した。

白水と、その手下たちは胡散臭《うさんくさ》そうな目で文史郎を睨んでいた。

「玄馬法印、ぜひ、内々に尊師のお耳に入れたいことがあります。占部一族の大事に関わることです」

「さようか」

「そのことで、相談人の文史郎様にご同行いただいたのです」

「うむ。よかろう。いま尊師は、倅の中馬と話をしているところだ。それがしが尊師のところに案内いたそう」

占部玄馬はうなずき、桐野と文史郎に付いてくるようにいった。

「叔父上、それがしもごいっしょしていいでしょうか」

白水が慌てていった。玄馬はじろりと白水の手下たちを見た。

「おぬし以外は駄目だ」

「もちろんでござる」

白水は手下たちについて来るなと目配せした。手下たちは、畏《かしこ》まってうなずいた。

玄馬は廊下を先に立って歩いた。

桐島、文史郎があとに続いた。その後ろから、白水が付いてくる気配がした。

奥の間に着いた。

白装束姿の老師が若い修験者に何ごとか講話をしていた。

「御免くだされ。尊師、申し上げます。左近之介殿が客人を連れて参りました」

玄馬は入り口で腰を折って部屋の中の古老にいった。

「なに、桐島左近之介が参っただと」

老師は桐島に顔を向けた。皺だらけの顔に笑みが浮かんだ。

老師は総髪で、長い白髪を肩まで垂らしていた。顔は丸く、太い眉毛も真っ白だった。皺だらけの顎や頬に山羊《やぎ》のような髯を生やしている。

老師と向かい合っていた若い修験者は、静かに膝行して下がり平伏した。

桐島は畳の間に両手をついて一礼した。

「尊師、永らくご無沙汰いたしました」

文史郎も桐島の後ろに正座し、会釈をした。

「おぬし、元気そうで何よりだ。で、そちらの御方はどなたかな？　初見だのう」

桐島がうなずき、また文史郎を老師に紹介した。

文史郎もあらためて自己紹介をした。

占部伯嶺は笑顔でうなずいた。

占部玄馬は老師の左隣に座り、修験者の若者が息子の中馬だと文史郎に紹介した。

中馬は父の玄馬似で、同様に精悍な顔付きをした若者だった。

白水は、やや不貞腐れた顔で、老師の右隣に胡坐をかいて座った。

玄馬はあらためて桐島に問うた。

「さっそくだが、桐島、占部一族に関わる大事ということだが、どういうことなのか、話してくれぬか？」

「それは、相談人の大館文史郎様から、お話を」

「うむ」

文史郎はうなずいた。

「春嶽殿から、極秘に調べてほしいという相談を受けたのでござる。このたび、春嶽殿がお国入りをなさるにあたり、一通の脅迫状が矢で寝所に射ち込まれたのでござった」

「ほほう。どのような内容の脅迫状だったのでしょうか？」

占部玄馬が訊いた。

「春嶽殿の御命を頂戴仕るという暗殺予告でござる。そして、その差出人は、占部一族の長の後継者である印がありましてな」

「な、なんですと。まことか、桐島？」

占部玄馬は顔色を変えた。

「はい」

桐島はうなずいた。玄馬は占部伯嶺と顔を見合わせ、信じられないという顔をした。

「どのような印だと？」

「末尾に八代目占部伯琉法印の後継者であるとする梵字のバンが書いてありました」

占部伯嶺が真っ白な眉毛をひそめ、桐島を見た。

「後継者の印があっただと？」

占部玄馬も桐島を睨んだ。

「どうして、そんなことがあるのだ？」

「それがしには分かりません」

桐島は困った様子で頭を横に振った。

「桐島、その矢文、持っておるのか？」

占部伯嶺が訊いた。

「それがしではなく、文史郎様が春嶽様から預かっています」

桐島は文史郎に顔を向けた。

「これでござる」

文史郎は懐から矢文を出し、占部伯嶺に手渡した。

占部伯嶺は受け取り、矢文を拡げて、まじまじと文面を睨んだ。それから占部玄馬に見せた。

「この筆跡に見覚えはあるか？」

「……いえ」

占部伯嶺と玄馬は顔を見合わせた。

白水が身を乗り出していった。

「尊師、それがしにも、矢文を見せてくだされ」

占部伯嶺は脅迫文を白水に渡した。

白水は目を通し、すぐさま憤慨した。

「けしからん。春嶽様を殺そうだなんて、後継者は何を考えているというのか」

「白水法印、それがしにも見せてくだされ」

脇から中馬が身を乗り出して矢文を覗き込んだ。

「ほんとだ。こんなことをしたら、越前藩との戦《いくさ》になりましょうぞ」

中馬も顔色を変えた。

白水は占部伯嶺に矢文を突き出した。

「我ら占部一族は越前松平家だけでなく、その後ろにいる徳川幕府を敵に回しての戦になりかねませんぞ。尊師、こんなことをする後継者を許しておいていいのですか？」

「馬鹿な。後継者がこんな脅迫をするはずがない。これは偽の手紙だ」

占部伯嶺は吐き捨てた。占部玄馬も顔をしかめていった。

「そうですよ。何者かが後継者を騙って出した贋物だ」

「どうして、尊師も叔父貴も、これが偽の手紙だと申されるのですか？」

「後継者たる者が、こんな手紙を出すわけがない。のう、桐島？」

占部伯嶺は桐島を探るような目で見つめた。

あいまいな回答を許さない気迫が籠もっていた。

「はい。ありえません。偽の手紙でござる」

桐島は占部伯嶺から目を逸《そ》らさずに答えた。

「ほんとうだな」

玄馬が念を押した。

「もちろんです。贋物です」

桐島は明言した。

文史郎は腕組をし、占部伯嶺たちと桐島のやりとりを黙ってきいていた。

桐島がどうして後継者の手紙ではない、と断言したのか、いくぶん奇異な思いがした。

白水も同じ疑問を感じたらしい。

「桐島、なぜ、これが偽の手紙だと申すのだ？」

「それは尊師に、お尋ねくだされ。尊師や占部玄馬法印は、よおく御存知のはずです」

「尊師、どういうことです？」

白水は顔をしかめながら、占部伯嶺の顔を見た。

占部伯嶺はうなずいた。

「桐島のいう通りだ。わしは後継者を信じておる。後継者が、わしに相談も何もせず、勝手にこのような真似はしない。するような者だったら後継者にしておらぬ」

「さよう。尊師のいう通りだ。それがしも、後継者を信じておる」

占部玄馬もうなずいた。

「尊師も叔父貴も、後継者を信じすぎていませんか。もしかして騙されるかもしれないのですぞ」

占部伯嶺は矢文を拡げ、末尾の梵字を指差した。

「白水、はじめ見たときには、末尾の署名の梵字バンが、八代目占部伯琉法印の印にそっくりだったので、本物かと思ったが、考えてみれば、後継者の九代目には、わしはまだ占部伯琉の名を正式に名乗らせていない」

「と、申されますと？」

「後継者は、まだ正式に占部一族の者ではない。九代目占部伯琉となるには、占部一族の女を娶り、その婿養子にならねばならぬ。その手続きを経ねば、正式な後継者を名乗ることはできん」

占部玄馬は笑いながら付け加えるようにいった。

「だから、白水、正式な後継者でもない者が、後継者を名乗ることはできないし、もし、そう名乗っても、それは正式に認められたものではない。だいいち、九代目の後継者が、なぜ、亡くなった八代目と同じ印を使うのだ？　九代目には、九代目の印があり、尊師が認めた印でなければならぬ。従って、矢文にある署名の印は八代目の印そっくりだが、本物ではありえない。誰かが後継者の名を騙った贋物なのだ」

「なんだ。そうでしたか。だったら安心ですね」

中馬が笑った。

白水はすぐには納得しなかった。

「しかし、尊師、これが贋物だとしても、受け取った春嶽様は、そうは思わぬことでしょう。だから、こうして、相談人殿に調べるように依頼なさった」

「うむ。ほんとうにそうだ。誰が、こんな手紙を出したのか、だな。それを明らかにしないと、我が占部がやったものと思われる」

玄馬は浮かぬ顔をした。

白水は忌ま忌ましそうに口を歪めていった。

「そも、こんな事態が起こるのは、父があえて占部から後継者を選ばすに、外部の者を後継者に選んだからでござる。そして、後継者を公にせず、誰か分からぬ隠れ後継者にしたことでござろう」

占部伯嶺と玄馬は顔を見合わせたが、何もいわなかった。

「尊師、なぜ、いまもって後継者を明らかにしないのでござるか？」

「事情があるのだ」

玄馬が代わりに答えた。

「どのような事情でござる？」

「いまはいえぬ。そうですな、尊師」

「うむ。だが、遠からず、正式に後継者を迎えることになろう。それまで我慢するのだ」

占部伯嶺は腕組をし、目を閉じていった。

白水は目を剝いていった。

「この脅迫文を出した者については、いかがいたしますか。このまま放置はできますまい」

「うむ。何者が送ったのか、調べねばならぬな。それで相談人殿に依頼がなされたのであろう？」

文史郎はうなずいた。

「その通りです。この脅迫文が、ほんとうに後継者が出したものではないにせよ、誰かが占部一族の名を騙って、春嶽殿の命を狙っている可能性がある。それがしたちは、その後継者を騙る者を特定せねばならない。そこで、お願いいたしたいのだが、それがしだけに誰が後継者なのか、お教え願えないだろうか？　口が裂けても、他言はいたさぬが」

「うむ」

　占部伯嶺と玄馬は顔を見合わせた。

　文史郎は続けた。

「さすれば、その後継者にあたって、矢文の真偽を確かめ、誰が後継者の名を騙って、このような脅迫状を出したのか、突き止めたいのですが、いかがでしょうか？」

　白水も桐島も固唾を呑んで、占部伯嶺を見つめていた。

　占部伯嶺は、溜め息をつきながらいった。

「分かりました。それにしても、この偽後継者については、占部一族皆に呼びかけて対策を考えねばならぬ重大問題でござる。占部族内でも秘匿にしている隠れ後継者について、外の相談人に話すことについても、わし一存では答えられぬこと。大至急に、越前だけでなく、加賀と美濃の長老たちを集めて、相談せねばならぬ。その上でお答えしよう。それまで待ってほしい」

「いつお答え願えますかな？」

「そうですな」

　占部伯嶺は玄馬と顔を見合わせた。

　玄馬が占部伯嶺に代わって答えた。

「加賀、美濃に使いを出し、越前に長老たちに集まっていただくことになりましょう。そのため、少なくても、三日はかかりましょうな」

「結構です。それまで、引き続き、我らは偽後継者探しをしておきましょう」

「相談人殿、よろしく、お頼み申し上げます」

占部伯嶺と玄馬は文史郎に深々と頭を下げた。中馬もつられてお辞儀をしていた。

桐島は腕組をし、浮かぬ顔をしている。

占部白水は憮然として宙を睨み、何ごとか考え込んでいる様子だった。

文史郎は桐島にいった。

「我らは引き揚げよう。このままお邪魔しているのもご迷惑だろう。それに左衛門たちがどうしているのか、心配なのでな」

「分かりました。引き揚げましょう」

桐島は、帰る旨を、占部伯嶺や玄馬に告げた。

四

元側用人江尻真人の屋敷は、城の搦《から》め手の側の武家屋敷街の外《はず》れにあった。

案内役の朝田秋は歩きながら左衛門に話した。

「春嶽様が藩主になられるまで、筆頭家老の松平主馬が権勢を振るっていたのですが、その金権腐敗時代に江尻真人も側用人として飛ぶ鳥を落とす勢いでした。ところが、松平主馬が春嶽様に家老を辞めさせられ、失脚すると、側近で甘い汁を吸っていた江尻真人も連座して側用人を下ろされました」

「それで？」

左衛門は、若侍姿の朝田秋の丸顔に目をやった。顔にはまだ初々《ういうい》しくにきびがいくつも見える。大きい瞳が左衛門を見つめた。

左衛門は、我が娘と歩いている気分だった。己にもこんな娘がいたら、幸せだろうに、と心の中で思った。

「それまでは、江尻は、大手門近くのいい場所に大邸宅を構えていたのですが、失脚したあとは、拝領屋敷を追われて、搦め手門の近くの小さな屋敷に移転させられたのです」

「俸禄も減らされたのであろうな」

「側用人のころは、八百石取りだったそうですが、一挙に禄を五十石まで減らされたそうです」

「それはちと可哀想だな」

左衛門は頭を振った。

自分も那須川藩で殿の傅役として百石の禄を得ていたが、殿が藩主の座から引きずり下ろされ、若隠居させられると、自分も一挙に二人扶持にさせられたことがある。自分の場合、独り身なので、養うべき女房も子もいないから、自分一人が食べていければいい。二人扶持でも十分だった。

だが、江尻真人は、側用人として贅沢三昧《ざんまい》の生活を送っていただろうから、いきなりの禄の減額は堪えたに違いない。

「とんでもありません。それまでに江尻は側用人として、いろいろな商人から賄賂《まいない》を貰ったり、藩の開発事業の利権で、かなり蓄財していたそうですから同情はできませんよ」

秋は冷たく言い放った。

可愛い顔の割には、しっかりしている。

「江尻真人は、若いころは、剣の達人だったときいたが」

「藩の道場の指南役でした。剣が立つので家老の主馬に可愛がられ、側用人にまで取り立てられた」

「剣の流派は」

「柳生新陰流《やぎゆうしんかげりゆう》です。それも若くして免許皆伝の腕前だったと」

「そうか。それで若いころは、藩命により、白山霊験流も修行したのか」

「そうらしいです。しかし、側用人になって剣の修行も怠っていたので、その後はぶくぶくと太ってしまった。昔の指南役の面影はありません。もっとも、それがし、そのころの江尻真人は知りませぬが」

城の東側の城郭が見えた。搦め手の門が見えた。

門を護るように何軒もの武家屋敷が建ち並んでいたが、朝田秋は袴の裾を翻して、それら門前をさっさと通り過ぎていく。

「秋、おぬしも、立ち居振る舞いから見て、かなりの剣の腕前であろう？」

「いや、それがしは、それほどでもありません」

秋ははにかみ笑いをし、謙遜した。

左衛門は、秋はどこか、弥生殿に似ていると思った。弥生殿も侍姿をしているときは、自分のことをそれがしと呼び、男言葉で話している。

「江尻だけでなく、主馬の失脚によって、左遷された要路《ようろ》は大勢いたのだろうな」

「はい。主馬の息がかかった要路は、すべて排除されました」

「それは一大藩政改革だったのう。それでは、守旧派の者たちの春嶽様への反発は、かなり大であったろうな」

「はい。それはもう大変な不満不服でした。そのため、お頭《かしら》様をはじめ春嶽様をお守りするお役目の者たちは休日返上で働くはめになっております」

「そうか。桐島殿は馬廻り組の組頭だものな。春嶽様の護衛を司る重要な立場にある。春嶽様の身辺警護の責任があるからのう」

「さようにござる。しかも、本来の警護のほかに、お頭はお庭番の役目も兼任なさっておられるのです」

「なに、お庭番もやらされておるのか？　越前藩ともなれば、昔からのお庭番がいるのではないか？」

「そのお庭番を取り仕切っていたのが、側用人の江尻真人だったのです。そのため、守旧派の支配下にあったお庭番は全員が辞めさせられたのです」

「それは、元お庭番たちも、春嶽様や改革派の岡部左膳たちに恨みを持つだろうな」

「おそらく。最近、尊皇攘夷を主張する輩が、そういった不満分子に働きかけて、徒党を組みつつあったりするとききます」

「そうだろうな。藩体制に不満を持つ者は、すぐに尊皇攘夷など過激な思想にかぶれ易い」

「御家老やお頭は、そういう懸念を持っているので、日々、守旧派粛清のあおりを受けて辞めさせられた藩士一人ひとりを訪ね、ほんとうに春嶽様に忠誠を誓うかどうかを見極めて、旧職に復帰させたり、新しく普請組やら馬廻り組に登用したりしているのです。そうやって、不満分子の一人ひとりを親春嶽様派に変えようとしているのです」

「なるほど。桐島殿は、たいへんな役目を仰せつかっておられるのだな」

「はい。亡くなった父朝田覚之臣も、お頭に剣術の腕を見込まれ、殿のお側の納戸《なんど》組から抜擢されて、表向き馬廻り組、裏はお庭番として働いていたのでござる」

朝田秋は、誇らしげにいいながらも、死んだ父親を思い出したのか、鼻をぐすりと鳴らした。

「秋、おぬしは、お父上の後を継いだわけか？」

「はい。誰が父上を殺めたのかを突き止めたくて、桐島様にお庭番を志願したのです」

「そうだったのか。感心にな」

左衛門と秋は、一軒の古い武家屋敷の門前に立った。庭は手入れされておらず、雑草に覆われていた。屋根瓦に生えたぺんぺん草が風に揺れていた。

「こちらのお家のはずですが」

搦め手門から、だいぶ離れていた。一軒家なので、武家長屋ほどみすぼらしくはないが、かなりの荒れ家だった。

「御免ください」

秋は武家門を潜り、玄関先に立った。格子戸を引き開けた。

「どなたか、ご在宅ではござらぬか？」

家の中は薄暗く静まり返っていた。

式台に屏風《びょうぶ》が立っていた。竹林の中で虎が咆哮《ほうこう》している絵柄だ。虎の尾がぴんと立っている。

秋はあきらめず大声で呼びかけた。

「御免くだされ。どなたか居られないか？」

奥の方で人の動く気配がした。か細い女の声がきこえたように思った。

やがて着物の裾を引きずる衣擦《きぬず》れの音がきこえ、痩せた体付きの女が現れた。

「こちらは江尻真人殿のお屋敷にござろうか？」

「さようでございますが」

「江尻真人殿はご在宅ですか？」

女は式台に正座し、頭を左右に振った。

「居りません。あなたがたは？」

「御上の御用でお訪ねした次第。それがしは、朝田覚之臣の娘秋。こちらの御方は、江戸からお越しになられた相談人の篠塚左衛門殿にござる」

「ああ、あなたは朝田覚之臣殿の娘御にございますか。朝田覚之臣殿はお気の毒なことになられて、お悔やみ申し上げます」

「ありがとうございます。江尻真人殿は、いつごろお戻りになられますか？」

「旦那様は亡くなりました」

女は哀しげに顔を伏せた。

「な、なんですと？」

「御存知なかったのですか。葬儀にも、藩の要路の方々はお見えになりませんでしたものね」

「知りませんでした。いつのことでござるか？」

「もう一月《ひとつき》ほど前になりましょうか。そう。あなたのお父上の朝田覚之臣様が訪れてから間もなくのことでございました。旦那様は、ある夜、知り合いに呼び出され、出かけたところ、帰り道で何者かに闇討ちされて……」

奥方は涙ぐみ、袖を目にあてた。無理に微笑《ほほえ》んだ。

「武士の妻が涙を流してはいけませんね」

秋は左衛門と顔を見合わせた。

「あなたは江尻真人殿の奥方様ですね？」

「はい。江尻の妻雅美《まさみ》にございます」

「これは失礼いたしました。江尻真人殿が亡くなられたとはまったく存じませんでした。心からお悔やみ申し上げます」

「……ご愁傷様でござる」

左衛門も口籠もりながら慰めの言葉をかけた。

「ありがとうございます。あなたはお父様を亡くされ、わたしも旦那様を亡くしました。お互い、ほんとうに寂しくて、辛いものでございますね」

「さようでございますね。どうぞ、お気を強くお持ちになって……」

秋は奥方に頭を下げた。

「こんな玄関先ではなんですから、お上がりくださいませ。下女も下男もちょうど使いに出ておりませぬが、お茶でも召し上がってください」

「ありがとうございます。父朝田覚之臣がお訪ねしたあとということですので、これも何かの縁でございましょう。御仏壇に、お線香を上げさせていただけませんか？」

「ああ、どうぞ。お二人とも、どうぞお上がりくださいませ」

「失礼いたします」

秋は左衛門に目で上がりましょうと促した。

左衛門はうなずいた。秋は、江尻真人がほんとうに亡くなっているかどうか、を確かめるつもりなのだ。

左衛門と秋は、式台に上がり、奥方について廊下を歩いた。

歩くたびに床がぎしぎしと軋んだ。

仏間は薄暗がりの中にあった。仏壇に上げられた蠟燭が仄かに部屋の中を照らしていた。

左衛門と秋は、仏壇の前に座り、線香を蠟燭の炎に入れて点《とも》し、鉢の灰に立てた。合掌し、冥福を祈った。

真新しい位牌が仏壇の中央に立てられていた。刀架けに大小の刀が掛けられていた。襖の梁《はり》に、生前着ていた小袖が衣紋《えもん》掛《か》けに掛けられて架かっている。小袖の左胸に一筋の斬られた跡があった。奥方が一生懸命に洗濯したのだろうが、着物についた血の染みは消えずに歴然として跡が残っていた。

左衛門が合掌を終えたあと、奥方に訊いた。

「もしや、それは江尻殿が刺客に襲われたときに着ていたものでござるか?」

「はい」

「ちょっと拝見させていただけますか」

「どうぞ、何かのお役に立つのであれば」

左衛門は衣紋掛けに掛けられた小袖を調べた。左胸の乳のあたりに斜めに五寸ほど切られた跡があった。

秋も近寄って小袖にできた切り傷を丹念に手で触って調べた。

「左衛門様、これの傷跡は?」

「刀の突きだ。刃を横にし、下から斜め上に突き入れる」

「ちょうど心《しん》の臓《ぞう》のあたりですね」

「うむ。一突きで即死だ」

「これは殺された父上の着物についていた切り傷とほぼ同じです。父上もやはり左胸を一突きされて死んだ」

秋は唇を噛んだ。

仏壇の前に座った奥方は両手を合わせ、静かに目を閉じていた。

左衛門は奥方の前に座った。

「奥方様、旦那様が亡くなったところでお辛いでしょうが、少しお話を伺えませんか」

秋も奥方の前に座り、話しかけた。

「着物に付いた刃の跡は、私の父の着物についていた跡と同じです。もしかすると、同じ下手人に江尻様も殺められたのかもしれません。お教えください。それがし、旦那様を殺めた下手人を見付け出し、必ず仇《かたき》を討ちますゆえ」

奥方の雅美は左衛門と秋に向き直った。

「何を申し上げたらいいのか……」

「それがしの父朝田覚之臣は、こちらにお訪ねし、旦那様に何をお訊きしておりましたか？」

「さあ、それは……」

「なんでもいいのです。小耳に挟んだことでもいいのですが」

「私は客間の隣にいましたので、襖越しにしかきいていません。だから、とぎれとぎれでしたが」

「それで結構です。何について、父は旦那様に訊いていましたか？」

「……占部一族の長の後継者についてだったと思います」

秋は左衛門と顔を見合わせた。

「どういう話ですか？」

「朝田様は、旦那様が占部一族の長の後継者なのではないか、と」

「それに対して旦那様は？」

「馬鹿馬鹿しい、と。少し前にも、占部の男が訪ねて来て、同じようなことを訊いて来た、と笑っていました。自分は確かに若いときに白山に入り、山岳剣術も修行したが、師匠から秘太刀は伝授されなかった。だから、自分は後継者ではない、といっていました」

「なるほど。そうでござったか」

左衛門はうなずいた。

朝田覚之臣は江尻真人が隠れ後継者ではないか、と考えて訪ねていたのだ。

秋が尋ねた。

「いま、以前に占部の男が訪ねて来たとおっしゃいましたね。その占部の男というのは誰ですか？」

「さあ。……なんという御方だったか」

「旦那様は御存知の方でしたか？」

「はい。旧知の仲だったようです。突然、訪ねてらっしゃったので、旦那様は驚いていましたが」

「懐かしがっていた」

「そうですね」

「奥方様は、その方に挨拶なさったのでしょう？」

「は、はい。そうです」

「そのとき、相手は名乗らなかったのですか？」

「名乗ってらっしゃいました。……なんといっていたか、思い出せない」

奥方は顔をしかめ、頭を振った。

「父は、その占部の男について、旦那様に尋ねていませんでしたか？」

「……尋ねていました。そう、思い出しました。たしか、白水と名乗っておられた。珍しい名前なので思い出しました」

「白水ですか。占部白水ですね」

秋は左衛門と顔を見合わせた。

「秋、おぬしの存じておる御仁か？」

「はい。占部一族の長の占部伯琉の息子です」

「占部の長の息子だと」

左衛門は訝った。

「その白水が、なんの用で、突然に、江尻殿を訪ねたのでござるか？」

奥方は言うまいか言わぬまいか、躊躇《ちゅうちょ》していた。

「奥方、すべてお話しください。他言はいたさぬので」

「旦那様の名誉に関わることなので、申し上げておきます」

奥方は思い切ったように話し出した。

「襖越しの上に、白水はひそひそ声で話すので、よくは聞き取れなかったのですが、旦那様が時折、大きい声で反対なさったので、話の中身は、おおよそ見当が付きました」

「どのような話だったのです？」

「春嶽様を亡き者にしようという計画です」

「なんですと。ほんとうでござるか？」

「はい。私もあまりに恐ろしいお話だったので、つい耳を澄ましてしまったのです」

「どのように春嶽様を亡き者にしようとしていたのです？」

「そこは、あまりにひそひそした声だったので、よくはきこえなかったのですが、ともかく藩政奪還のための同志が集まっていると申していました」

「ほう。どんな人たちが集まっているというのですか？」

「……あやふやなことはいいたくないのですが、知っている人の名をいくつか耳にしました」

「誰です？」

「……管野泰助《かんのたいすけ》様、それに九頭竜隼人様の名があったと思います」

左衛門は秋を見た。秋は小声で説明した。

「管野泰助殿は元勘定奉行で守旧派の金庫番だった人物。九頭竜隼人殿は徒侍頭で、尊皇攘夷派の頭目と見られる人物です」

「管野様が中心になって、旧保守派の人々をまとめ、九頭竜様が主導する尊皇攘夷派の若侍たちを焚《た》き付けて、両派が手を握り、さらに己が率いる白山の占部一族が合流すれば、改革派を追い出し、藩政を奪還できる。そのためには最も邪魔な藩主の春嶽様を亡き者にするのが一番の得策。そこで、左遷されて悲哀を舐めている旦那様に、ぜひ参加してほしい、といっていた」

「旦那様は、どう答えたのです？」

「旦那様は大声で、貴様、何を血迷ったのか、と怒鳴り付けていました。拙者、いま不遇をかこっているのは自業自得だ。自分は主馬様ら重鎮の金権腐敗の藩政を黙認しただけでなく、側用人の地位を利用して、悪徳の限りを尽くした。いまは、その当然の報いを受けている。自らの行ないを悔いて反省すべきなのに、春嶽様を逆恨みして亡き者にせんとするは不届き千万。きくのも不愉快。とっとと帰れ、と怒鳴り付けていました」

「それで白水は、いかがいたした？」

「……このこと、くれぐれも他言なさらぬよう、と言い置き、引き揚げました」

「旦那様は拒否なさったのですな」

「はい。旦那様は息子や娘に、さんざいわれて、心から反省し、後悔していたのです。だから、旦那様を殺めた下手人は、白水か、その一派ではないか、と私は思っています」

「口封じでござるか？」

「はい。そうだと思います」

「ところで、朝田覚之臣が当家をお訪ねしたとき、旦那様は父にいまの話をしましたか？」

「おそらくしたと思います。それで朝田様は話をきいて、さっそくに管野泰助様に会いに行ったのだと思います。たしか、その直後に、朝田様は行方知れずになったのでは？」

　秋はうなずいた。

「はい。そうらしいです。父は管野家を出たところまでは分かっているのですが、帰り道のどこかで待ち伏せされたようです」

「御遺体は東尋坊で見つかったとか。ほんとうにお気の毒に。旦那様も朝田様の訃報をおききして、だいぶ驚いていていました。自分が朝田様に喋ったため、殺されたのではないか、と危惧していました」

「ううむ」左衛門は腕組をした。

「そうこうしている最中、旦那様は知り合いから酒席に呼び出され、出かけて、さんざん飲み食いして、帰る途中、何者かに闇討ちに遭ってしまったのです」

　朝田秋は、優しくうなずいた。

「よくお話しくださいました。ありがとうございます。これで、私の父朝田覚之臣が、なぜ、闇討ちされたのかが朧《おぼろ》げながら、見えて来ました。下手人の姿も、次第に鮮明になって来たと思います」

左衛門もいった。

「奥方様、旦那様を亡くして、お辛いでしょうが、どうか、お気をしっかりお持ちください。いまのお話で、きっとそれがしと秋殿の二人で、下手人を見付け、成敗いたしたい、と思っています」

左衛門と秋は、奥方に深々と頭を下げた。

五

陽が沈み、あたりが黄昏《たそがれ》て来た。

大門は懐手をして、城下の旅籠街を歩いていた。呼び込みの女たちが、通りかかる旅人に声をかけ、少しでも気があると見ると、客の両腕を取り、旅籠に強引に連行する。

旅姿ではない大門には、女たちは誰も寄ってきて声をかけなかった。

新田里衛門からきいた居酒屋「増や」は、すぐ見つかった。赤い提灯の燈が店先をぼんやりと浮かび上がらせている。

大門は暖簾を潜り、居酒屋に足を踏み入れた。

「いらっしゃいませ」

仲居の甲高い声が響いた。

店の中は閑散として人気《ひとけ》がなかった。まだ早い時刻とあって、お客は大門を含めて五人しかいなかった。

「お一人様ですか？」

「さよう。ちと酒を出してくれぬか。大徳利とぐい呑みを頼む」

「はーい」

大門は空いていた樽の椅子に腰を下ろした。

奥の細長い飯台には、二人組の浪人者が酒を飲み交わしながら、ぼそぼそと話していた。

大門の座った飯台には、仕事帰りの大工の二人組が、賑やかに酒を飲みながら、飯を食べている。

太った体付きの、気のよさそうな仲居が大徳利とぐい呑み、御通しの肴の皿を載せた盆を運んできた。

「お待ちどうさま。ごゆっくり」

大門は口の周りの髯を撫で付け、さっそくに大徳利の酒をぐい呑みに注《つ》いだ。

板壁に刺し身、煮染めや漬物などのお品書きが貼り付けてある。

大門は手酌で大徳利の酒をぐい呑みで飲みながら、焦らずに待った。

新田里衛門によれば、居酒屋「増や」は、尊皇攘夷派の浪人者たちの溜り場ということだった。

徒侍頭九頭竜隼人も、この店の常連で、よく部下を引き連れて、現れるということだった。

九頭竜隼人に会うには、店で待ち伏せするにしくはない、という大門の判断だった。

新田里衛門は向かいの小料理屋「草月《そうげつ》」の二階から、万一に備えて、居酒屋「増や」を監視している。

大徳利一本を空けるころには、大門はすっかり出来上がっていた。いつの間にか、店内は大勢の客で満席になっていた。

それでも、町人と侍がいっしょの飯台で飲むことはなく、自然に町人や行商人の飯台と、侍の飯台に分かれて飲んでいる。

大門は隣に座った着流しの浪人者二人に話しかけ、大徳利の酒を振る舞っているうちに、いつしか親しい口をきく仲になっていた。

「そうか。大門殿は上越《じょうえつ》の脱藩者でござったか」

国見《くにみ》と名乗った浪人者は、やや呂律《ろれつ》が回らなくなった口調でいった。

「それがしは三河《みかわ》だ。こいつは、土佐《とさ》っぽだ」

国見は飯台を挟んで、向かい側の樽に座った三枝《さえぐさ》という浪人者の頭を軽く叩いた。

三枝ははっとして目を覚ました。

三枝は酒の酔いが回り、転寝《うたたね》していたのだ。

「おぬしら、尊皇攘夷派か？」

「そうだ。勤王の志士だ」

国見は頭を揺らしながらいった。

大門は笑いながら、訊いた。

「勤王の志士か。いいな。それがしも勤王の志士になれるかの」

「おぬしがか？」

三枝はじろじろと大門を睨み、上から下まで眺め回した。

「ま、なれないこともないだろう」

「どうしたら、勤王の志士になれるのだ？」

「おぬし、光圀《みつくに》公の『大日本史』を読んだことがあるか？」

「いや、ない」大門は正直に答えた。

「天皇を敬う心は持っておろう」

「うむ」

「夷狄《いてき》を憎む気持ちは？」

「夷狄とやらを見たことがない。だから、憎むも何もない」

「そうか、上越では夷狄を見る機会はないわな。山ん中だものな」

大門はさりげなく訊いた。

「ここで、最近、密かに浪人者を募っているときいたが、ほんとうか？」

「なに、おぬし、そのために、のこのこと上越から逃れてやって来たというのか？」

「ああ。おぬしらは、その浪人者募集に応募しようとやって来たのだろう」

「まあ、そうだ。ただし、ここの越前藩が正式に募集しているわけではない。密かに、この藩の要路が私的に浪人者の同志を集めているのだ」

「それは、どなたか？」

「これは内緒だぞ。九頭竜隼人様だ」

三枝がいった。

国見が付け加えた。

「この藩は徳川親藩、御家門だからな。藩が勤王の志士を雇うわけにはいかぬ。だから、内緒で私兵として浪人者を集め、浪士隊を創るらしい。いずれ、九頭竜様は、その浪士隊を率いて京に上るつもりなのだ」

「おぬしたち、採用されたのか？」

「ま、なんとかな」

国見と三枝は自慢げにうなずいた。

「採用の条件は？」

「少々腕が立つこと。それに、規律を守り、上官の命令に絶対服従すること」

国見は頭を揺らしながらいった。

大門は髯を撫でながら頼んだ。

「どうだろう、国見殿、三枝殿、それがしも仲間に加えてくれぬか。ここにはまったく知り合いがおらぬ。九頭竜様にそれがしを紹介してくれぬか。そうしたら恩に着る。お礼に酒を奢る」

国見は三枝と顔を見合わせた。

「いいだろう。九頭竜様に紹介しよう」

「大門、おぬし、信用できそうだから、きっと九頭竜様に紹介してやろう」

「どこへ行けばいい？」

「そうこうしているうちに、ここへ現れるさ」

「いつも、九頭竜様は部下を連れて、ここにやって来るんだ」

国見は酔った目で大門を見た。

突然、居酒屋の出入口に大勢の人の気配が起こった。口髭を生やした侍が、暖簾を撥ね上げて入ってきた。数人の供侍を従えていた。

「噂をすれば影だ。あの口髭の侍が九頭竜様だ」

国見が大門ににっと笑った。三枝が立ち上がった。

「九頭竜様、こちらへいかがでござる？」

「おう、国見と三枝、また飲んでおるのか。仕方ないのう」

九頭竜はじろりと大門に目をやった。すぐに目を逸らした。

「九頭竜様、我が同志を一人、紹介します」

「ぜひ、我が友であり、同志の大門甚兵衛を浪士隊に入れてくれませぬか」

大門は立ち上がり、九頭竜に頭を下げた。

「よろしくお願いいたします」

「…………」

九頭竜は何もいわず、部下たちを従え、大門に近寄った。

「おぬし、どこから参った？」

「上越でござる」

国見が代わって答えた。

「国見、黙っておれ。こやつにきいている」

「は、はい」

国見は樽の椅子にすとんと腰を落とした。

「おぬし、どこかで見たことがあるな」

「どちらでござろう？」

「江戸だ」

「それがし、江戸にいたこともあります。そのときに見かけたのかもしれませぬな」

「どうも、胡散臭いな。なあ、木下《きのした》」

九頭竜は部下を振り返り、部下の一人に話しかけた。いきなり、腰の脇差しを抜き打ちで大門に振り下ろそうとした。

一瞬早く大門の大柄な軀が九頭竜の懐に飛び込み、振り下ろそうとした腕を軀で押さえた。

九頭竜はくるりと軀を回転させ、大門から離れようとした。大門は九頭竜を抱き抱え、動きを止めた。いつの間にか、大門は箸の先を九頭竜の喉許に突き付けていた。

部下の侍たちが気色《けしき》ばんだ。

「皆、待て。いい」

九頭竜は苦笑した。

「うむ。分かった。大門とやら、おぬしの腕前、分かった。離してくれぬか」

「はい」

大門は抱いていた腕を緩めた。九頭竜の喉許にあてていた箸を下ろした。

「それがしの抜き打ちを一瞬にして逃れるとは、感心だ。その腕、買おう。浪士隊に採用しよう」

「お頭、早計でござる。どこの馬の骨とも分からぬ浪人者を入隊させるとは……」

九頭竜は箸の先があたった喉元を手で撫でた。赤い斑点ができていた。

「構わん。腕の立つ者が一人でもほしい。採用だ。明日にでも、それがしの屋敷に参れ」

「どちらでござろう?」

「国見と三枝が知っておる。屋敷に住んでおるのだからな」

九頭竜はにやりと笑うと、部下たちに顎をしゃくり、奥の小座敷へと向かった。

「大門、よかったら、いっしょに飲まぬか。おぬしの正体を知りたい」

「いいでしょう。お相伴《しょうばん》いたします」

大門は国見と三枝に一礼し、九頭竜たちの酒席に上がるのだった。

第四話　東尋坊の血戦

一

元勘定奉行管野泰助は陰険な男だった。まだ四十代前半の年齢なのに妙に老成し、皮肉屋で、他人《ひと》を見下《くだ》した態度をとる。

左衛門は第一印象で管野泰助は金のことしか頭にない男だと思った。なんでも金に換算して考える。

「確かに、おぬしのお父上の朝田覚之臣殿は、それがしを訪ねて参った。しかし、何を訊かれたかは覚えておらぬな。のう、和泉《いずみ》」

管野泰助は、隣に座った狐目の侍に笑いかけ、煙管《キセル》の莨《たばこ》をすぱすぱと吸った。

「さようですな。管野様、それがしも、その場におりましたが、雑談に終始し、大した話はしなかったですな」

和泉笙之介《しょうのすけ》。元弓手組頭。弓矢の名手と秋は左衛門に囁いた。

左衛門は黙って管野と和泉を見つめていた。

隣の襖の裏から剣気が放たれている。何人かの侍が刀や槍を手に控えているのだ。管野の合図があれば、いつでも飛び出して来る。

左衛門は、背後に置いた刀をいつでも取ることができるように身構えていた。

朝田秋は、食い下がった。

「管野殿、占部白水と何かよからぬ謀《はかりごと》をめぐらしておられるのではないですかな」

「ほう。どのような？」

「松平主馬様を筆頭にしたおぬしら守旧派の元執政たちの復権を図るというような」

「ははは。お若いな。いま藩の執政たちも、時を経れば、いつか守旧派と貶《おとし》められ、別の改革派の者たちに取って替わられる。それが政治というもの。いまの藩執政に不満を抱く者がいて当然でござろう？　我らは旧政権を握っていたが、藩主が替わられ、首を切られただけ。いつか、藩主が替わったら、我らもまた執政に復帰し、藩のために身を捧げたいと願うのがけしからんと申されるか？」

「藩のために身を捧げたいと願うのが、けしからんわけではありませぬ。しかし、自分たちの復権のために、藩主を亡き者にしようというような陰謀はけしからぬ、と申し上げておるのでござる」

「藩主を亡き者にする陰謀とは穏やかではないな。何か、その証拠でもあるのか？」

「証人がいる」

「馬鹿な。そんな証人がいるなら、ここへ連れて参れ。いったい誰だ、その証人と申すは？」

秋は左衛門の顔を見た。どうしましょう、という顔をしていた。

左衛門は、大丈夫、任せろとうなずいた。

はったりには、はったり。こんなときには、相手の不意を突いてみる。そして反応を見るのだ。

左衛門がはったりをかました。

「占部白水でござる」

「白水が？」

管野は一瞬、「えっ」と驚いた。完全に虚《きょ》を突かれた様子だった。

管野は和泉と顔を見合わせた。

「そんなはずはない。白水が……」

「……いうはずがない、と申されるのか？」

「いや、そういうわけではない」

管野はやや慌てて、心を落ち着かせようと、煙管の莨をすぱすぱと吸った。

「そのような話を、白水としたことがない、と申したいのだ」

管野はようやく気を取り直して平静を装った。

左衛門は朝田秋に目でやれと合図した。

秋は管野に向き直った。鋭い口調でいった。

「江尻真人殿も、取り調べた父朝田覚之臣も、その証人だった。だから、おぬしら、二人を殺したな」

「冗談ではない。わしらは二人を殺しておらぬ。何も関係がない」

「そうですかな。父上は、こちらの屋敷を訪ねたあとに殺された。もしや隣に潜んでいる、おぬしの家来たちにではござらぬか」

秋は大刀を持ち、鞘の先で侍たちが潜んでいる襖を指した。

左衛門も背後の刀を取り、片膝立ちをして、柄《つか》に手をあてた。

和泉は腰を浮かした。床の間にある刀架けまでは一間《けん》以上の間がある。管野も和泉も刀に手を伸ばそうとすれば、秋と左衛門が抜き打ちで二人を斬ることになる。

「待て。出るな」管野は慌てて、襖の陰の侍たちに命じた。

「誤解だ。お父上を我らは殺《あや》めてはいない。お父上は静かにお帰りになられた。うそではない」

「では、誰が殺《や》った？」

左衛門が訊いた。

「白水か？」秋が畳かけた。

「そ、それは分からない。ともあれ、わしらではない。ここを出られてから、お父上は襲われたときいている」

和泉が助け船を出した。

「管野殿がいう通りでござる。お父上は、こちらを出て、通りを城の方に戻ろうとなされ、寺院の前に差しかかったところを何者かに襲われた」

左衛門が突っ込んだ。

「和泉殿、おぬし、現場の様子を見ておったのか？　やけに詳しいではないか」

「……人伝《づて》でござる」

「誰からきいた？　現場を見ていた者を調べたい」

「噂だ。そういう噂だ。見た者の話ではない」

和泉は額の汗を袖で拭った。

管野は咳払いし、煙草盆の竹筒に煙管の首をぽんとあて、莨の灰を捨てた。

「今日は、このくらいにしてくれぬか。それがしたちも用事があるのでな」

管野の屋敷を出ると、左衛門と秋は、ゆっくりと通りを城の方角に戻った。振り返ると、管野の部下たちが玄関先に出て、左衛門たちを見ていた。

「左衛門様、はったり、おもしろうございましたね」

「白水が、彼らとよからぬ謀をしているのがよく分かったのう。管野たち、白水の名を出したら、ほんとうに白水からきいたのか、と思い、疑心暗鬼に囚《とら》われたはず。あれでいい」

「ほんとですね」

武家屋敷街をだいぶ歩き、和泉がいっていた寺院の門前に差しかかった。

照光院瑞宝寺《しょうこういんずいほうじ》。

「父上が襲われたのは、この寺の前でした」

「目撃者はおらなんだのか？」

「夜ですと、ほとんど人の通りはありません」

「この周囲の家々に聞き込んだのかね」

「奉行所の同心たちが回ったそうですが、誰も見ていないという返事でした」

「ううむ」

左衛門は腕組をし、現場の周囲を見回した。

「斬られて倒れているお父上を見付けた人は？」

「この寺の住職ということでした」

「おぬし、直接、住職に会って話をきいたのか？」

「いえ」

境内から読経の声がきこえた。

「住職からきいてみよう。何か分かるかもしれない」

「は、はい」

左衛門は山門を潜り、境内に入って行った。


小坊主が左衛門と朝田秋の前に、お茶を置き、静々と母屋に下がって行った。

瑞宝寺の住職は、優しい目で秋を見てうなずいた。

「そうでござったか。あなたが亡くなった御方の御息女でしたか。お気の毒に。お悔やみ申し上げます」

住職は合掌して、秋に頭を下げた。秋は恐縮して、肩身を細めた。

左衛門が話を切り出した。

「さっそくですが、御住職、朝田覚之臣殿が何者かに斬られたとき、何もご覧になっておられなんだですか」

「突然に怒声のような叫び声が起こり、何かがあったのかな、と思いましたが、門前のことで門扉《もんぴ》も閉めてあったので、朝田様が襲われたときの様子は見ておりません」

「そうでござったか。扉が閉めてあったのでござるか」

「はい。夕刻で、薄暗くなっておりましたので、小坊主に閉めさせたあとでした。しかし、門前に起こったことなので、何ごとか、と私は急いで扉の閂《かんぬき》を引き抜こうとしたのです。そのとき、扉越しに勝ち誇った男の声をきいたのでございます」

「ほう、なんと申しておったのです？」

「これぞ、それがしハクスイの秘剣『熊《くま》の手《て》』。皆の者、よおく見ておけ、と」

左衛門は秋と顔を見合わせた。

ハクスイの秘剣『熊の手』？

「拙僧は元武士でございます。表に満ちている殺気と血の匂いに、これは只ごとにあらず。一瞬逡巡《しゅんじゅん》はしたのですが、思い切って扉を開いた。すると、薄暗がりの通りに、白装束の修験者たちが七、八人、倒れた人影を取り囲んでいたのです」

「それで」左衛門は話の続きを促した。

「その中で、一人、倒れた人影に足をかけ、胸から刀を引き抜き、ぎょろりと拙僧を振り向いたのです。拙僧も気迫で睨み返しました。その修験者は私を睨みながら、にやりと笑い、ほかの者たちに引けと命じた。修験者たちは、一斉に身を翻して闇に消えて行きました」

「修験者でしたか」

「はい。丸坊主で頭に兜巾《ときん》を付けて、あの装束は、この地域では白山の修験者たちだと思います」

秋が勢い込んで尋ねた。

「それがしハクスイの秘剣と、確かにきこえたのですね」

「さよう」

「左衛門様、占部白水ですね。父上を殺めたのは」

秋は涙を目にいっぱい溜めていた。

「うむ。間違いないな」

左衛門はうなずいた。

二

九頭竜隼人の屋敷の座敷には、大勢の浪人者やごろつきたちが屯《たむろ》していた。

大門は座敷を見回した。浪人者たちはざっと三、四十人はいる。

なかには真面目に庭で木刀を素振りしている者もいたが、大半は座敷に寝転んだり、日がな一日のんびりと寛《くつろ》いでいる様子だった。

大門が座敷に入って行くと、縁側に胡坐をかいて座っていた国見と三枝がすぐに手を上げ、大門に声をかけた。

「おお、大門氏、さっそく来られたか」

「こちらへこちらへ」

大門は寝転んでいる浪人者たちの間を抜け、二人の傍に腰を下ろした。

「おぬしら、ここは長いのか？」

大門は国見と三枝にきいた。

「来て七日ほどになる」と国見。

「拙者は十日」三枝は頭を振った。

「いつも、こんな具合なのか？」

大門は近くで花札に興じているごろつきたちを顎で差した。

「さよう。毎日、あんな具合だ」

「真面目にやっているのは、一部の長州もんとわしらぐらいだ」

国見は素振りをしている浪人者を目で指した。

「わしらとて、毎日何もせず、退屈凌ぎに軀を動かすだけだが」

「夕方になると街にくりだして、酒をくらう怠惰な生活だ」

「それで、毎日、なにがしかの日当が出るのだから、妙な気分だ」

「ただ金を貰って、こうして飼い殺しになっているみたいでな」

三枝は溜め息をついた。

「九頭竜は、おぬしらを放っておいて何もいわんのか？」

大門は隣の間《ま》に控えている見張りの供侍たちに顎をしゃくった。

「はじめに、一度、九頭竜が現れ、近いうちに諸君の力を借りることがある、それまで休んでいてくれ、と挨拶があった」

「それ以来、何もいわぬ」

「だが、おぬしら、九頭竜と親しげではなかったか？」

「うむ。あまり自堕落な毎日なので、九頭竜に談判に行ったのだ。勤王の志士らしく、こやつらを教育せんといかんのではないか、と苦情をいった」

「いつ京都に上がるのだ、ともな。早く尊皇攘夷に立とうとも提案した。軀がなまる、腕がむずむずすると」

「そうしたら、面映《おもは》ゆいが、九頭竜は感激して、おぬしらこそがほんとうの勤王の志士だ、おぬしらこそが頼りだ、いざ決起するときが来たら、こやつらを引っ張って斬り込んでくれ、と」

「斬り込むのだと？」大門は訝った。

「そうだ。われらのような同志がもっとほしいともな。それでおぬしとは見も知らずだったが、酒飲みのよしみもあって、九頭竜殿に紹介したわけだ」

「いっしょに飲み交わせば、その男の人となり、識見がよく分かるからな。それがしの直感だが、大門、おぬしは信じることができるサムライだ」

　大門はあたりを見回した。

「……それがしも、おぬしら二人を信じて、内緒の頼みがあるのだが、きいてくれぬか」

「頼み？」

「どんなことだ？」

　国見と三枝は身を乗り出した。


　九頭竜の屋敷を出、武家屋敷街から町屋へ抜けると、どこからか、新田里衛門が姿を現し、大門と並んで歩き出した。

「よく九頭竜に取り入って、浪士隊に潜り込めましたね」

　新田里衛門はにやりと笑った。

　大門は顎の黒髯を撫でた。

「九頭竜に信用されたわけではない。やつは何かよからぬことを考えている。浪士隊は勤王の志士の集まりではない。それがしが見た限り、何人かを除いては、金目当てのごろつきや無頼の集まりだ」

「そうでござるか。では、なんのために」

「そう。九頭竜は浪士隊で何をやろうとしているのか、仲間になった者たちに探らせている」

　大門は歩きながら、新田に訊いた。

「おぬしの方の調べは、どうだ？」

新田には、御岳武村が殺されたいきさつを調べてもらっていた。

御岳武村は九頭竜隼人が隠れ後継者ではないか、と疑い、直接面談している。九頭竜に会ったあと、やはり何者かに御岳武村は殺された。

御岳武村は、なぜ、誰に殺されたのか？

「密かに九頭竜の腹心だった男に会って話をききました」

「その男、信用できるのか？」

「はい。亀井信之介《かめいしんのすけ》といい、それがしの幼なじみで、義兄弟のような男です。拙者を裏切るような男ではありません」

「ふうむ」

「あることで、亀井は九頭竜に不信感を抱き、いまは九頭竜から離れ、病を口実にして実家に蟄居《ちっきょ》している男です」

「なぜ、九頭竜に不信を抱いたのか？」

「九頭竜は現執政御家老岡部左膳様の信頼を得て、徒侍頭に任じられたのに、裏では守旧派に通じているというのです」

「なるほど」

「そればかりか、密かに尊皇攘夷派に肩入れし、大門殿も御存知の通り、得体の知れぬ浪人やごろつきを集めて養っている、と」

「御家老や大目付は九頭竜がやっていることを、なぜ黙認しておるのだ？」

「九頭竜は、御家老や大目付に、藩内に跋扈《ばっこ》する尊皇攘夷派を取り締まるための口実にしているのです。一時《いっとき》、不逞《ふそん》の輩《やから》を浪士隊に集めておき、いざというときに一網打尽にする所存だと。そのために、九頭竜は尊皇攘夷派を装うので、しばらくお目こぼし願いたい、と上申しているのです」

「なるほど。九頭竜の真意は、どこにあるのだ？　春嶽様の公武合体か、それとも尊皇攘夷にあるのか」

「亀井にいわせれば、九頭竜は融通無碍《ゆうずうむげ》、どちらでもあり、どちらでもない。情勢次第で、どちらに転んでもいいように、すべてに両股をかけている。ほんとうに信用はできない、と申しておりました」

「そうか。融通無碍のう」

「さようで」

町屋の並ぶ中、水茶屋があった。大門は足を止め、顎で店を指した。

「入るか」

「そうしましょう」

大門は店の障子戸を開け、店内に入った。

「いらっしゃいませー」

仲居の陽気な声が返った。

店内には数組の客の姿があるだけで、物静かだった。

大門と新田は、仲居に案内され、店の奥に上がった。

窓の障子戸に明るい陽射しがいっぱいに差している。

二人は卓を挟み、向かい合って座った。

仲居が注文をきき、台所へ戻って行った。

「気になるのは、九頭竜の羽振りの良さだ。徒侍頭とはいえ、藩からの禄だけでは、家中の者を養うのもたいへんだというのに、とてもあれだけの数の浪人無頼者を養うことはできまい」

新田はうなずいた。

「そうなのです。亀井も気になり、密かに調べたところ、九頭竜は左遷された守旧派の管野泰助とつるんでいることが分かった」

「そいつは何者?」

「主馬派の重鎮で、元勘定奉行。守旧派の金庫番だった要路でござった。管野は現役時代に、かなりの蓄財をしていたらしい。浪人ごろつき集めには、管野の金庫からだいぶ出されているようなのです」

「そうか。どうりで金回りがいいと思った。九頭竜は、いったい、何をやろうとしているのだ？」

「それはまだ分かりません」

「では、御岳武村についてては、亀井から何か聞き込んだか？」

「御岳武村が九頭竜を訪ねたとき、亀井はまだ側近として居たそうなのです。それで、御岳と九頭竜のやりとりをきいていたそうです」

「お待たせしました」

仲居が姿を現し、大門と新田の前に、お茶の茶碗と茶菓子を置いた。

「ごゆるりとなさいませ」

仲居が引き揚げると、新田は話を再開した。

「御岳は九頭竜に単刀直入に、隠れ後継者はおぬしではないのか、と訊いたそうです」

「ほう。で、九頭竜の答は？」

「九頭竜は笑い出したそうです。残念ながら、白山霊験流の免許皆伝は頂けなかった。そんな自分が占部伯琉様の後継者になれるはずがない。それにしても、占部でもないおぬしが、なぜ、そんなことを訊く、と」

「九頭竜も隠れ後継者ではなかったのか」

大門は湯呑み茶碗のお茶を啜った。

上品な宇治茶の薫りが鼻孔をくすぐった。

「そのようですな」

「ほかには？」

「御岳は九頭竜に、白山帰りで隠れ後継者になりそうな人物はいないか、と尋ねたそうです。そうしたら、九頭竜本人は、占部伯琉直系の息子白水が後継者になるものだとばかり思っていたと」

「順当に行けばそうだろうな」

「その白水も、御岳と同様、九頭竜に隠れ後継者は誰かを訊いていたと笑った」

「なに、白水は九頭竜のところに出入りしておったのか？」

「さよう。亀井によると、白水は山を下りて越前に来ると、九頭竜の屋敷か、管野泰助の屋敷のどちらかに泊まるそうです」

「そうか。期せずして、九頭竜と白水と管野の三人は結託しているのが分かったな」

「おそらく、御岳も九頭竜との話から、白水が出入りしていることを察知したでしょう。亀井によれば、御岳は、その後、しきりに白水と九頭竜や管野の関係について訊いていたそうです。それで、御岳が帰ったあと、九頭竜はうっかり余計なことを喋ってしまったと、悔やんでいた」

「悔やんでいたと？」

「それで九頭竜は急遽、管野邸に早馬を出した。何を知らせたのか分からないが、おそらく、御岳に気をつけろとでも指示を出したのでしょう。その日のうちですからね、御岳武村が闇討ちされたのは」

　新田は声をひそめた。大門も小声でいった。

「おそらく、そのころ、管野邸に白水がいたんだ。知らせを受けた白水は、口封じのために御岳を……」

　二人は顔を見合わせ、うなずき合った。

三

文史郎と桐島が馬を駆け、平泉寺白山神社から越前城下に戻ったのは、翌日遅くであった。

家老岡部の家人たちは、文史郎をまるで当家の主人であるかのように迎えた。

文史郎は風呂の湯にゆったりと浸かり、きつかった騎行の疲れを取った。

桐島は旅装も解かず、所用がありますので、夕刻までには戻るつもりです、と言い残して、どこかに出かけて行った。

文史郎は浴衣に着替え、客間で茶を飲みながら寛いでいると、左衛門と朝田秋が慌ただしく帰って来た。

「あ、殿、もうお戻りでござったか」

「お帰りなさいませ」

左衛門と秋が文史郎に挨拶をした。

「どうであった？」

「いろいろありました。な、秋」

「はい。左衛門様」

左衛門は朝田秋に父性本能を呼び起こされたらしい。左衛門の秋を見る目が、孫娘を見守る優しい目になっていた。

他方、秋も左衛門をほんとうの祖父のように慕っているのが見て取れた。

文史郎は微笑ましく思うのだった。

「まずは、二人とも風呂でも入って疲れを取れ。話はそれからだ」

文史郎は二人を労《ねぎら》った。

夕刻になり、あたりが暗くなりはじめたころ、大門と新田里衛門が姿を現した。ついで旅装を解いた桐島も戻って来た。

全員が揃ったところで、文史郎たちは座敷に集まり、車座になった。

部屋の四隅に立てられた蠟燭の炎が、部屋を明るく照らした。

「まずは、我々から報告しよう。桐島、頼む」

「はい。では」

桐島は膝を進め、話を始めた。

ついで、左衛門と秋、さらに大門と新田里衛門と話は続いた。

全員の報告が終わると、文史郎は腕組をし、ひとり沈思黙考した。

誰も口を挟まず、沈黙の時間が流れた。

やがて、文史郎が組んでいた腕を解き、静かにいった。

「みんなの報告を総合して判断するに、依然として隠れ後継者は誰か分からない、という結論だな」

左衛門が大きくうなずいた。

「しかり。白山に入峰したことがある江尻真人、芝田善衛門、九頭竜隼人の三人、そして、桐島殿も、隠れ後継者に該当しなかった。依然として、謎となっている」

「第二に、隠れ後継者捜しをしていた朝田覚之臣と御岳武村を殺した下手人は、瑞宝寺の住職の証言と、同じ心の臓への一突きという殺傷の手口から占部白水に間違いないと余は見たが、異存のある者はいないか？」

「異存なし」「なし」

異議を唱える者は一人もいなかった。

「殿、一つだけ疑念が」

大門が口を開いた。

「なんだ？」

「その白水の秘剣『熊の手』ですが、どのようなものなのか、と」

左衛門が大門にいった。

「住職は『熊の手』なる秘剣は見てないものの、白水が足をかけ、朝田覚之臣殿の胸から刀を引き抜くのを目撃したそうでござった。住職は元武士。見間違うことはありますまい」

大門が唸るようにいった。

「足で軀を押さえて刀を引き抜かねばならぬとすると、人の軀を串刺しでござるな。それも刀先が背に抜けるほどの鋭く強い突きだ。熊の手での一突きか。おもしろい。これは見てみたい剣だな」

「大門殿、少しは言葉を控えよ。秋殿がいるのだぞ」

左衛門がいった。

大門は、はっとして秋を見た。

秋は袴の膝を両手で堅く握り締め、唇を嚙んで耐えていた。

「秋殿、あい済まぬ。心ないことをいってしまった」

大門は秋に頭を下げて謝った。

「いえ。大丈夫。それがしも武士の娘でござる」

それでも、秋は袖で目頭《めがしら》を押さえた。

文史郎は厳《おごそ》かにいった。

「それもこれも、すべては後継者が隠れているために起こったことだ」

座は静まり返った。

「だからといって、後継者を責めるつもりはない。隠れ後継者だとて、こんなことが起こるとは予想もしなかったはずだからだ。そもそもの騒動の火を点《つ》けた者こそ、責を問われねばならない。すべての騒ぎの元凶《がんきょう》は、占部白水だ」

文史郎は座の五人を見回した。

四人の目が文史郎に向けられていた。桐島一人だけが、目を伏せていた。

「それがしの考えを話す。皆の報告を受け、慎重に考えた結果、占部白水が、どのような思いを持ち、どのような謀を考えているのか、おおよその見当がついた。それを話す」

文史郎は一息つき、静かに話しはじめた。

占部白水は後継者の座を逃した。

これは芝田善衛門など競争相手を追い落とし、己が白山において、一番強いと自負していた白水にとって、まったく思いも寄らぬことだった。

白水の父占部伯琉は、あえて息子を後継者に指名せず、占部の者ではない外の者に、長の認証となる白山霊験流の秘太刀『虎の尾』を伝授した。

なぜ、占部伯琉は、我が子に秘太刀を伝授しなかったのか、なぜ、後継者に指名せず、しかも自死してしまったのか、これらは大きな謎だが、いまは脇に置いておく。

白水は、そこで、どうしても己が占部一族の正当な後継者になりたいと考えた。それには、隠れ後継者が邪魔になる。

父に指名された隠れ後継者がいる限り、己は占部一族の長にはなれない。

そこで、なんとしても、隠れ後継者を見付け、尊師や九人衆の立ち合いの下、果たし合いを挑んで、隠れ後継者を打ち負かさねばならない。そうすれば、白水は正統な後継者になれる。

だが、問題が一つあった。秘太刀『虎の尾』だ。秘太刀『虎の尾』を伝授されていない白水は、『虎の尾』を伝授された隠れ後継者と、まともに立ち合ったら、勝つことが難しいだろう。

勝つには、秘太刀『虎の尾』を上回る秘剣を編み出さねばならない。自ら工夫し、修練を積んで完成した秘剣で、秘太刀『虎の尾』に勝たねば、ほんとうの勝利にはならない。

そして、白水が厳しい修行の末に、自分の手で完成させたのが、秘剣『熊の手』ではなかったのか？

秘剣『熊の手』を完成させたものの、実戦で遣《つか》って、相手に勝てなければ、本物とはいえない。

白水は秘剣『熊の手』を、試したいと考えた。

その機会となったのが、管野泰助や九頭竜隼人の身辺を洗いはじめた与力の朝田覚之臣と御岳武村だった。二人は管野と九頭竜の繋がりがあること、白水が管野と九頭竜の背後で糸を引いていることを嗅ぎ付けた。

朝田と御岳の二人を斬るべし。

そこで白水は機会を見、二人を待ち伏せした。朝田覚之臣も御岳武村も、柳生新陰流と無外流と流派は違うが、ともに免許皆伝の腕前である。

相手にとって不足はない。白水は二人に不意打ちをかけた。そこで白水は躊躇なく秘剣『熊の手』を遣って二人を倒した。

もし、秘剣『熊の手』を遣って二人に負けるようであったら、隠れ後継者の秘太刀『虎の尾』にはとても敵《かな》わないだろう。

いわば、朝田覚之臣と御岳武村は、秘剣『熊の手』の試し斬りの犠牲者だった。

話を戻す。

白水は考えた。後継者は占部一族の者ではない。占部の者なら自分も分かる。

となると、これまでに白山に入峰し、白山霊験流を修行した部外者のなかに後継者はいる。

これまで白山に入峰した外部の者たちの中で、父占部伯琉のお気に入りだったのは、江尻真人、芝田善衛門、桐島左近之介、そして、九頭竜隼人の四人だった。

そのうち、桐島は修行半ばで白山を去り、父が最も気に入っていた芝田善衛門は、白水との果たし合いの途中、岩場で滑落して不治の重傷を負った。

残るは江尻真人と九頭竜隼人。

白水は二人を訪れて問い質したが、話し振りから後継者とは思えなかった。

実際、白水が待ち伏せ、斬りかかっても、昔の江尻真人ではなく、秘剣『熊の手』を遣わずとも斬り捨てることができた。

残るは徒侍頭の九頭竜隼人だったが、父占部伯琉に期待はされたが、白山霊験流の免許皆伝には到らず、山を下りたことが分かった。

四人のほかに、自分が気付かなかった後継候補がいたというのか？

白水の隠れ後継者捜しは振り出しに戻った。

白水は焦った。どうやったら、隠れ後継者を見付けることができるのか？

尊師が隠れ後継者に命じて、表に出るようにしたら万事休すだ。九代目占部伯琉の名は、その男に冠され、自分は永久に占部一族の長になることはできない。

白水には野望があった。あくまでも伝説だが、秘宝の存在だ。

長になれば、長だけが知っているとされる越前松平家の秘密の財宝を手にすることができるかもしれぬ。その財宝さえ握れば、それを軍資金にして、越前藩の不満分子を焚き付け、藩内を混乱させることもあり得る。

藩内を混乱させれば、守護者たる占部一族の出番になる。勢い、隠れ後継者も姿を出さざるを得ず、出て来れば、白水が隠れ後継者に挑んで倒す。こうして占部一族の長になり、藩内の混乱を治める。

占部一族は、これまで、代々越前松平家の陰にいて、その守護者となっていた。

そうした陰の存在であることをやめ、占部一族が主となり、世の中に打って出るのだ。

白水は、そこで一計を案じた。

どこかに隠れている後継者を炙り出すには、隠れ後継者の名を騙って事を起こすことだ。

そのため白水は隠れ後継者を装って春嶽殿に暗殺を予告する脅迫状を送り付けた。

隠れ後継者は、越前松平家の家臣だろうから、主君暗殺予告に自分の名が使われて、慌てて名乗り出るに違いない。

名乗り出なくても、藩は必死になって隠れ後継者捜しを始める。そうなれば、いつか、藩は隠れ後継者を見付け出す。

もし、後継者がいつまでも姿を現さなければ、さらに謀《はかりごと》を続ければいい。そして、すべては隠れ後継者のせいにする。

予告した通りに、春嶽の命を狙って事を起こす。

そのために春嶽に粛清された主馬派残党管野泰助らを焚き付け、復権を目指させる。

さらに、藩内で密かに暗躍する尊皇攘夷派の九頭竜隼人たちとも連携し、京都に跋扈する長州勢など尊皇攘夷派を引き込み、公武合体派の春嶽様を亡き者にするか、藩主の座から追い落とす。

管野たち守旧派が、九頭竜ら尊皇攘夷派を利用して、藩の実権を握れば、白水は背後から操ることができるようになる。

「以上が、それがしが考えた、白水の野望と企ての大筋だ」

文史郎は話を終えた。

座のみんなは、文史郎の大胆な推理に呆気《あっけ》に取られ、何も言葉を発しなかった。

四

最初に気を取り直して口を開いたのは、桐島だった。

「白水の野望と企みは大筋、その通りだとそれがしも思います。ただ、いくつか疑念はありますが、大筋の流れを変えるほどのことではありません」

「どのような疑念だな？」

「隠れ後継者が、そういつまでも隠れてはいないだろう、ということが一つ。それから、後ろの方で、守旧派と尊皇攘夷派が手を結ぶとしていますが、彼らは敵の敵は味方ということで、共通の敵を倒したあとは、今度は互いに敵対することになりましょう。そうなれば、白水の目論見《もくろみ》は難しくなる」

「それは分かっておる。だが、それは別の話だ。いまここで論じても始まらない」

左衛門が発言を求めた。

「殿、よくもまあ、大胆な筋読みをいたしましたな。白水の目論見や謀《はかりごと》の証拠は、いったい、なんなのでござるか？」

「そのようなものはない」

文史郎は平然といった。

「なんの証拠もないのでござるか？」

「うむ。なんの証拠もない。それがしの当てずっぽうの推論だ。いわば嘘八百だ」

「殿、そんな無責任な」

左衛門は呆れた様子で呻いた。座のみんなも騒《ざわ》めいた。桐島だけは黙っていた。

「いいか、爺。嘘八百を馬鹿にしてはならんぞ。嘘八百が真実を射抜くことがあるのだ。事実だけが真実を語るのではないぞ。いくら事実を並べても、事実の奥に隠されている真実を明らかにすることはできん。最後は、人間が洞察し、真実を見抜かねばならないのだ。つまりは証拠がなくても、真実を語ることはできる。とりわけ、人生の真実は、嘘でなければ語れないものだ」

左衛門は頭を捻った。

「爺には、殿のいうことが分かりかねます」

大門はにんまりと笑った。

「それがしは分かりました。人が心の内を明らかにしなくても、その人がやっている行動から、その人の心の内を推察することができる。そういうことですな」

「そうだ。不粋な大門でも分かることだ。朝田秋、おぬしは、女子だから、よく分かるな？」

朝田秋は突然に話を振られて、どぎまぎした。

「どういうことでございますか？」

「好きな男が何をいわずとも、その仕草や目の動きで、男が何を考えておるのか、およそ分かる。そうであろう？」

「……は、はい」

「おぬし、好きな男に手を握られたら、男がおぬしに好意を抱いていると分かるだろう？」

「いえ、まだ、そのような……」

秋は頬を赤く染め、下を向いた。

「人は何ごとをやるにしても、すべて何かの思いや欲に基づいている。なかには本人にも分からない不条理な情動や理由もあろうが、それとて行動から心の動きを窺うことができる。たいていは、やっていることから、本人の目的や狙いを推理できるというものだ」

大門が髯を撫でながら訊いた。

「殿は、白水がやっていることから、その目論見や企みを推察したということですな」

「爺、そういうことだ」

文史郎は左衛門に向いた。

「しかし、証拠がないと、白水を捕らえることができませぬ」

文史郎はみんなを見回した。

「いいか。ここは奉行所のお白洲《しらす》ではない。だから、証拠も証人も必要ない。我らは奉行所の捕り手ではない。火盗改《かとうあらため》でもない。我らに必要なのは、白水がこれからやろうとしていることの先を読む大胆な推論であり予測だ。それらに基づき、我らは行動し、先手《せんて》を取って、白水の野望を挫《くじ》くのだ」

文史郎は一息ついた。誰もが固唾を呑んでいた。

左衛門がようやく納得した様子だった。

「分かりました。拙者たちの目的は、白水の企みや野望を挫《くじ》くことですな。やつを捕らえることではない、と」

「そうだ」

「それにしても、殿は、どうやって白水の企みや目論見を推論なさったのでござるか?」

文史郎は笑った。

「簡単なことだ。それがしが、白水に成り代わって考えたのだ。もし、己が白水だったら、どうするか、どう考えるか、それを考えただけのことだ」

「白水に成り代わるといっても、どうやるのでござる?」

「白水の立場になるのだ。白水は実の父親から見捨てられた。当然になれると思った後継者に、父は選んでくれず、見も知らぬ外部の者を選んだ。その上、なぜか、父は自殺してしまった。そんな息子の立場になってみたらいい」

「……ううむ」

「白水は父親を恨んだことだろう。だが、肝心の恨みの対象は理不尽なことにあっけなく死んでしまった。それでは怒りの向けようがない。自然、父親が選んだ後継者に憎しみの矛先《ほこさき》を向ける。そして、後継者を倒し、自分こそが占部一族の正統な後継者であることを示し、尊師や長老たちを見返したい、そう思うのが自然というものだろう」

「なるほど」

「白水の怒りは一族だけでなく、白水を取り巻く、すべての理不尽なものに向けられる。それが鬱屈した若者の自然な心の発露だ、爆発だ。とりわけ、腹立ちの対象に上がったのは、親父に代わる権威の象徴である藩主の春嶽様だと思う。死んでしまった親父に代わる権威を潰したい。そんな風に白水の心を推察すれば、やつが何をしようとしているか、おおよそ分かるというものではないか」

「そういうことでござるか」

「冷飯《ひやめし》を食った者でないと、冷飯食いの心根は分からぬものだ」

文史郎は話をしながら、信濃松平家の三男坊として生まれ、青春時代に長い部屋住み生活をさせられたときの悲哀を思い出していた。自分も己の不遇を嘆き、親を恨み、兄弟たちを嫉《ねた》んだ。

那須川藩主の若月家に婿養子として迎えられたあとも、奥方や家臣たちに疎《うと》まれた。自分も、そうした環境にあったから、逆に奮起して、強引に藩政改革を断行し、多くの敵を作った。それでも構わないと、我が道を進んだ。

その結果、奥方はじめ、信頼していた腹心たちにも裏切られ、若くして隠居せざるを得ない羽目になった。自分について来たのは、若いころからの傅役の左衛門だけだった。

いまはそれでもいい、と文史郎は思っている。自分には在所に側室の愛妻如月《きさらぎ》と娘弥生がいる。

そして、大門や大瀧道場主の弥生という信頼できる友であり相談人仲間もいる。

白水には、はたして、そういう信頼できる連れ合いや仲間友人がいるのであろうか？

左衛門がにやにやと笑った。

「殿が、白水に成り代わることができるというのは、そうとうのひねくれ者でござるな」

「そういうことだ。ひねくれ者、世に憚《はばか》るというではないか」

文史郎は左衛門の皮肉を躱して笑い、みんなを見回した。

「みんな、白水の考えは、おおよそ分かったことと思う。そこで、白水はいま何をやろうと考えておるか、推察せねばならぬ。誰か意見はないか」

みんなは顔を見合わせた。

左衛門が尋ねた。

「殿のお考えは？　もし、殿が白水だったら、いかがでござる？」

「それがしが、白水だったら、脅迫状の通り、春嶽殿の暗殺を実行することを考える」

「どのように？」

「それがしだったら、春嶽殿が城に入る前、まだ警護が手薄な行列を襲う。桐島、春嶽殿の行列は、いまどのあたりにいる？」

桐島は考えながらいった。

「今夜は加納宿ですから、明日は関ヶ原の本陣に泊まることになります」

「関ヶ原から中山道を。そのまま行くのか？」

「いえ。関ヶ原からは、我らが通った北国脇往還に入り、次は木之本宿に泊まります」

「なるほど。それで」

「翌朝、木之本宿を出たあと、山間の坂を登り、午後遅くには国境《くにざかい》の栃ノ木峠を越えましょう。その日は、山越えで皆疲れ果てていますから、無理はせず坂を下った先の今庄宿の本陣に泊まることになります」

「その今庄宿からは？」

「あとは楽なものです。城下まで、八里（三二キロメートル）ほどですから、夕方、まだ陽が沈まぬうちに、越前城に入ることができましょう」

大門が尋ねた。

「お出迎えはないのですかな？」

「その日に、春嶽様一行が宿泊する今庄宿の本陣にお留守居役の家老唐沢拓磨《からさわたくま》様らがお出迎えする手筈になっています」

それまで腕組をし、目を閉じていた文史郎はかっと目を開いた。

「そうか、分かった。行列を待ち伏せするなら、栃ノ木峠だ。ほかにない」

桐島が訝った。

「文史郎様、どうして、栃ノ木峠だと申されるのですか？」

「まずは城下からの距離だ」

左衛門が桐島に訊いた。

「城下から国境の栃ノ木峠までは、どのくらいでござろうか？」

「およそ十里半（四二キロメートル）ほどでござる」

「峠までの坂はかなりの急勾配だった。城下から救援に駆け付けるにしても、刀や槍、鉄砲を担いで坂を上らねばならず、馬を馳せても、二刻（四時間）以上はかかろう。まして、人の足ならば、どんなに急いでも半日以上はかかる。救援隊が到着したときには、戦はとっくに終わっていよう」

「ううむ」

「第二に、栃ノ木峠の地形だ。

我らも来るときに栃ノ木峠を通ってよく分かるが、峠に至る坂道は上りも下りも傾斜が急で、頂上は狭く、一度に大勢は休めない。

先に行った者が峠で休みを取れば、後ろの列はつかえてしまう。だから、大名行列は長い列のまま連なって、順次、ぞろぞろと峠を登り、そして下ることになる。

行列の先頭が下りはじめても、後ろの列からは、先頭が見えない。先頭が襲われても、後ろはすぐには気付かず、対応も遅れよう。逆に後ろの行列が襲われても、先頭の者たちは、すぐには気付かず戻るのが遅れよう。行列を襲うには、峠が絶好の場所だ」

「なるほど」

「行列は旅の終わりが近付き、皆かなり疲れておろう。一行は国境の栃ノ木峠にさしかかり、もう国許だというので、誰しもほっとして気が弛み油断する。しかも、不意打ちをかけられても、皆疲れて足が思うように動かず、反撃が鈍くなる。それがしが白水なら、そこを襲う」

「そういうことですか」

「しかも、敵が逃げる場合、国境を越えて隣国近江《おうみ》に逃げ込めばいい。越前藩の兵は追いかけるわけにいかない。下手《へた》に兵を動かせば、戦になりかねない」

「ううむ。まいりましたな」

桐島は唸った。

「行列が峠越えするのは、明々後日《しあさって》でござる。あと二日半はあります。まだ間に合いますな。至急に国家老の唐沢殿に申し上げ、藩兵を集め、それがしが率いて峠の警備に馳せ参じましょう」

「待て、桐島。焦るな。まだ時間がある。もしかすると、拙速に動くと敵の思う壺に嵌《はま》りかねぬ」

文史郎は腕組をしたままいった。

桐島は怪訝な顔をした。

「どういうことでござろう?」

「国家老の唐沢殿は、春嶽殿に脅迫状が行っていることを存じておるのか?」

「いえ。知らぬと思います。我々の後継者調べは、春嶽様と筆頭家老岡部左膳、大目付望月鼎からの極秘の命令でございますから、国許の家老たちには、何も知らせてないはずです」

「そうだとすると、国家老の唐沢は、おぬしからの要請があっても、すぐにはおぬしに藩兵を預けまい。きっと徒侍組の頭の九頭竜に命じて、警備に駆け付けさせよう」

大門と新田里衛門がこぞって動いた。

「それはまずい」

「九頭竜の徒侍組を出すのは危険でございます。そういうご下命があるのを待っているかもしれません」

文史郎はうなずいた。

「桐島、九頭竜は白水や管野と何やら画策している。なにより、白水はこの機会を狙っているかもしれない」

「では、どういたしましょうか?」

文史郎は桐島や新田里衛門、朝田秋を見回した。

「我々だけで春嶽殿をお守りする。だが、加勢がほしい。おぬしら、至急に、信頼ができ、腕の立つ者たちを集めてほしいのだが。いるか?」

「はい。やってみます。いいな」

桐島は新田と朝田秋にうなずいた。新田も朝田秋も合点《がてん》した。

「桐島、おおよそ、どのくらいの手勢を集めることができる?」

桐島は新田、朝田秋と顔を寄せ合い、ひそひそと話した。

「自分たちを除いて、およそ十人ほど」

「そうか。我ら六人も入れれば十六人。それだけいれば十分だ。至急集めてほしい」

桐島たちは一斉に立ち上がった。

三人はばたばたと廊下に出て行った。

大門ものっそりと立ち上がり、文史郎に頭を下げた。

「殿、では、それがしも、今夜はおいとまさせていただきます」

「どこへ行く?」

「飲む約束がありますんで」

大門は文史郎と左衛門に、にっと笑った。

五

大門は九頭竜の屋敷の裏に回り、裏木戸をこつこつと叩いた。板戸の向こう側から、誰何《すいか》する声がした。大門が名乗ると、板戸が内に開いた。

顔見知りになった木戸番の小者が、大門を中に入れながらいった。

「浪士隊全員に禁足令が出ましたよ」

「なんかあったのか？」

「さあ。ともかく、今夜は誰も飲みに出すなという上からの命令でした」

「そうか。ご苦労さん」

大門は懐手《ふところで》をし、裏庭に回った。

浪士たちが寝泊りしている広間は、裏庭から直接上がることができる。

大門は広間を見て驚いた。三つの広間の間にあった仕切りの襖はすべて取り外され、一つの大広間になっている。

そこにはすっかり布団が敷き詰められ、寝る用意がなされていたのだ。

浪士や無頼の者たちは、それぞれ、行灯を囲み、相性のいい者同士が、あちらに集まり、こちらに輪を作り、花札やサイコロ勝負に興じていた。

「おい、大門、こっちだ」

国見の声が座敷の隅からきこえた。

布団に寝転んだ国見が手を上げていた。

国見と三枝の二人は、行灯の明かりがあまり届かぬ薄暗い場所にひっそりと潜んでいた。

大門は二人の傍らにどっかりと胡坐をかいた。

「お、どうした？　二人とも、今夜は出かけなかったようだな。途中、増やを覗いたが、客も少なく、おぬしらおらんかったので、寄らずに来た」

国見があたりを見回しながらいった。

「飲みに出ようとしたら、今夜はだめだ、と足止めを食らった。どうやら、明日、都へ出立するんだそうだ」

「都へ出立する？」

「こんな越前福井なんぞで遊んでいないで、都に出て、尊皇のために働け、ということらしい」

「ふうむ。それで禁足令が出たのか。道理で増やには、見た顔の連中がいなかったはずだ」

三枝が囁いた。

「で、おぬしに頼まれたことだが、小者や下男に鼻薬を効かせて調べておいたぞ」

「うむ。ありがたい。で、九頭竜の寝所は、どこだ？」

「この屋敷は九頭竜の裏屋敷だ。九頭竜はここには住んでおらぬ。奥方や子供といっしょに、別の拝領屋敷に住んでいるらしい」

「ここは裏屋敷だと？」

「小者の話では、元々この屋敷は粛清された家老の誰それの拝領屋敷だったが、いまは徒侍組頭の九頭竜が、わしら不逞浪人たちの収容屋敷として使っているそうだ」

国見がぼやいた。

「わしらは不逞浪人だとよ。藩は密かに勤王の志士を募っているときいたが、とんでもない、内実は浪人狩りだ。やくざや無頼漢といっしょくたにして集めた収容所だ」

大門はあたりに人がきいていないのを確かめていった。

「おぬしら、悪いことはいわない。今夜のうちに屋敷を抜け出せ。九頭竜は信用できん男だ。明日都へ出立するなどといっているが、ほんとうかどうか分からんぞ」

「大門、どういうことだ？」

「九頭竜が何か企んでいる。それを知りたくないか？」

「うむ。知りたい」

「じゃ、手伝ってくれ。俺が、やつらの部屋を探ってみたい」

大門はあたりに目を配った。見張っている者はいない。

「九頭竜たちは、いまどこにいる？」

「彼らの溜り場は、奥の母屋だ。昼間、屋敷内をさりげなく巡って調べておいた」

「よし。厠へ立つふりをして、案内してくれ」

二人はうなずき、あいついで厠に立った。大門もやや間をあけ、廊下に出た。

廊下には行灯が間隔をあけて立ち並び、暗い廊下を照らしていた。

厠は廊下の先にあった。大門が近付くと、国見と三枝の影が、暗がりから現れた。

いま出て来た大広間から、人のざわめきがきこえた。

厠の先に渡り廊下があった。行灯が薄ぼんやりと廊下を照らしている。

「この渡り廊下が母屋に繋がっている」

国見がついて来いという仕草をした。

大門は足を忍ばせ、国見のあとについた。背後から三枝が続いた。

母屋の座敷から話し声がきこえた。国見が手招きした。襖の隙間から、廊下に明るい光が洩れている。

大門は襖の隙間から中を覗いた。

百目蠟燭が何本も点され、座敷を明るく照らしている。車座になった人影が見えた。

床《とこ》の間《ま》を背にして、腕組をした九頭竜の姿があった。

「……浪士どもの処分は、いかがいたします？」

「背後に我らがいるのが分かってはまずいでござろう」

「……全員、その場で討ち取る。一人も逃すな。その方が後腐れがない」

九頭竜が低い声でいった。

車座の中に大きな紙が広げられてあった。

大門は伸び上がり、襖の隙間から見る角度を変えた。

人影と人影の間から地図の絵柄が見えた。

なんの地図だ？

目を凝らしたが、よく見えない。

「浪人ども、まだ起きているようですが」

「いい。今宵が最期の日だ。せいぜい遊ばせてやれ」

今宵が最期？　なんのことだ？

大門は国見と顔を見合わせた。

「ほかに質問はあるか？」

九頭竜は部下たちを見回した。誰も発言しなかった。

「よし。明日は早い。今夜は早く休め。それがしも引き揚げる。解散」

九頭竜は立ち上がった。

部下たちもぞろぞろ立ち上がった。一人が地図をくるくると丸めて片付けた。

大門は袖を引かれた。三枝が渡り廊下に退けという仕草をしている。大門は三枝のいう通りに渡り廊下に退いた。

国見があとに続いた。

先に行った三枝は渡り廊下の行灯の灯をつぎつぎ吹き消した。

渡り廊下は行灯の灯が消え、真っ暗になった。三人は暗がりに身を潜めた。

座敷から出て来た九頭竜は、母屋の廊下を玄関の方角に歩き去った。

座敷の明かりが消された。残った侍たちも廊下に出て、話をしながら、それぞれの部屋に戻って行く。

あたりは静まり返った。

大門は足を忍ばせ、再び九頭竜たちがいた座敷の前に戻った。

「見張っていてくれ」

大門は三枝に言い、襖を静かに引き開けて、座敷に素早く身を入れた。国見も入った。

地図のような紙はなくなっていた。部屋には、何もない。部下がどこかに片付けたのだ。

「書院の間はどこだ？」

「廊下に出て、玄関に向かう途中だ」

「案内してくれ」

国見はうなずき、襖に耳をあてた。廊下に誰もいないのを確かめ、襖を静かに開けた。

玄関に続く廊下が見えた。行灯の明かりが床を照らしている。人気《ひとけ》はない。

国見は姿勢を低め、廊下を滑るように移動した。大門も足を忍ばせて続いた。見張り役の三枝があたりに気を配りながらついて来る。

国見はやや行ったところで止まり、手で襖戸を差した。大門は襖に耳をあて、中の気配を窺った。

人の気配はない。大門は恐る恐る襖を開いた。真っ暗だった。それでも、目が暗やみに慣れはじめており、部屋の中がぼんやりと見えた。書棚や机がある。

庭に面した丸窓の障子戸越しに外の星明かりが照らしている。

大門は大きな図体を小さくして書院に入った。暗い中を手探りで、何かないものか、と机の上を探った。

いきなり部屋の中がぼんやりと明るくなった。振り向くと、国見が顔を覗かせていた。廊下の行灯を部屋に持ち込んだのだった。

部屋の中がはっきり見えた。

書棚にいくつもの丸めた紙が置いてあった。

大門は書棚に近寄り、丸められた紙を拡げた。手書きの絵地図だった。しかし、先ほど、みんなが見入っていた地図ではない。

国見もほかの紙を拡げる。いずれも、街道の地図だった。

最後の一枚を拡げた。栃ノ木峠という文字が目に飛び込んだ。街道の絵柄があり、峠を挟んで前後に分かれた大名行列の隊列が描かれていた。

大門は「これだ」と国見にいい、引き揚げようと告げた。

国見はうなずいた。廊下から「プスッ」という口を鳴らす音がきこえた。

国見は行灯の灯を吹き消した。

三枝が襖を開け、書院の中に忍び込み、また襖をそっと閉めた。

廊下から足音と話し声がきこえた。

二人の足音は、襖の前を通り過ぎた。また森閑とした静寂が戻った。

「出よう」

大門はいい、国見と三枝を促した。

三人は襖を開けて廊下に出た。足音を忍ばせ、急いで渡り廊下の方に戻った。

三人は何食わぬ顔で、大広間に戻った。

博打に興じていた者たちは、ちらりと大門たちに顔を向けたが、すぐに遊びに戻った。

三人は寝床に戻り、暗がりに寝転んだ。

「大門、さっき盗んだ地図はなんだったのだ？」

「春嶽殿の大名行列を襲う計画の地図だ。九頭竜はおぬしら浪士隊に襲撃させようというのだろう」

「春嶽殿の行列を襲うだと？」

「九頭竜は、自分の主君を拙者たちに暗殺させようとしているのか？」

「けしからんな。春嶽殿を討つなどということ、九頭竜から一度もきいていない」

大門は小声でいった。

「さっきの話、おぬしらもきいたであろう？　事《こと》が終わったあと、浪士隊は全員、その場で討ち取れ、と九頭竜は申しておった。思うに、おぬしたちに春嶽殿暗殺の汚名を着せて口封じするつもりなのだ」

「なんてことだ。口封じか」

「それが尊皇攘夷を唱えるやつのすることか。けしからん」

国見と三枝は憤慨した。大門は静かにいった。

「だから、いまから、わしといっしょに逃げよう。それが、おぬしらの身のためだ」

「しかし、こやつらは、どうする？」

国見が、博打をやめて寝床に就《つ》こうとしている浪士たちを目で差した。

「袖触れ合うも多生の縁。見殺しにはできん」

「うむ。こやつら何も知らないで、九頭竜の陰謀に利用されて、殺されるとしたら可哀相ではないか」

三枝が同情した。国見もうなずいた。

「わしらだけ逃げるのは武士としてできんな」

「不逞の輩ばかりだが、なかには真面目な勤王の志士もいる。短い期間だが、同じ釜の飯を食った連中だ。放って逃げるわけにいかんな」

「分かった。おぬしら、ほんとうに性根がいいな。では、このまま残り、こやつらに、立ち聞きした話を広め、九頭竜の手に乗らぬよう説得したらいい。拙者はこれを持ち帰り、九頭竜の陰謀を阻止するための手を打つ」

「うむ。いいだろう。大門、もし、互いに命長らえたら、どこかでまた飲もう」

国見は暗がりでにっと笑った。三枝が付け加えるようにいった。

「大門、達者でな」

「おぬしらも。では、御免」

大門はむっくりと起き上がった。寝はじめた男たちの間を縫いながら裏庭に出、裏木戸へ歩き出した。

六

夜の静寂に、犬の遠吠えが長く尾を曳いて響いていた。

百目蠟燭の炎がかすかに揺れた。

襖が開き、桐島と朝田秋が部屋に入って来た。

「遅くなりました」

桐島と秋が文史郎たちに会釈をした。

先に着いた新田里衛門は桐島、秋に目礼した。

「桐島、秋、大門がえらい物を手に入れてくれた。ふたりとも、これを見ろ」

文史郎は腕組し、栃ノ木峠の絵地図を目で指した。

「おう。これは襲撃計画の絵図ではありませんか」

桐島が唸るようにいった。

「うむ。大門、ほんとうにでかした」

「いや、それがしよりも、浪士隊にいる我が味方二人の手柄でござる」

大門は頭を左右に振った。

左衛門が傍らから覗き込みながらいった。

「その二人、武士《もののふ》だな。浪士隊の仲間を見捨てて逃げないというのは」

「殿、なんとか、国見と三枝の二人、助けてやってくれませぬか」

「うむ。分かった。約束はできぬが、二人のこと、心しておこう」

そうはいったものの、乱戦になったら、どうなるものか、分からない。あとは、二人の運次第だとも思う。

「大門、おぬしから二人にいえ。寝返って味方になれ、と。白鉢巻きさえすれば味方になれると」

「合点した」

「ところで大門、襲撃計画、その絵図から、どう見るか？」

大門は扇子の柄の先で絵地図に描かれた行列の先端を指した。そこには、浪士隊の文字と道の左右から行列に突入する矢印があった。

「この絵地図からすると、行列の先頭が峠を下りはじめ、半ばまで下りたあたりで、浪士隊に斬り込ませる」

「うむ」

「そうなると、行列は止まらざるを得ない。春嶽殿の権門駕籠は峠の頂上で止まることになる。先頭の異変を知った後列の家来たちが、おっとり刀で峠に駆け上る」

文史郎はうなずいた。

「そこに今度は行列の最後尾に、別の浪士隊が斬り込む」

大門は絵図にある行列の後列部分を扇子で指した。後列を左右から挟んで、さらに後ろからも、矢印が突き刺さるように書かれている。

「立往生した峠の頂上の権門駕籠に、第三の浪士隊が左右から襲いかかる。というのが、この絵図が示している計画のあらましでしょうな」

文史郎は顎をしゃくった。

「大門、大筋はそれでいいとして、権門駕籠の絵に付けられた赤いバッテンと、やはり赤い雲のような形をした絵はなんと解釈する？」

「そうでござるな。このバッテンと雲みたいな形の絵だけが、赤い墨で描かれているのは妙な感じですな」

桐島が訝った。

新田里衛門がいった。

「赤い雲ではなくて、炎ではござらぬか？」

「駕籠に火をかけるというのでしょうか？」

朝田秋がいった。

左衛門が膝を叩いた。

「分かった。殿、これは爆裂弾ではないかと」

「なに、爆裂弾だと？」

「さよう。最近、尊皇攘夷派の刺客が、黒色火薬で作った手製の爆烈弾を使いはじめたのです。爆裂弾で、要人を馬や馬車もろとも吹き飛ばして暗殺する」

「なるほど」

「爆裂弾ならば、一人でも決行できます。爆裂弾を抱え、駕籠に突進すればいいのですから」

文史郎は峠で立往生した春嶽の駕籠を想像した。行列の前も、後部の方も護衛の家来たちが浪士隊と斬り合っている。

奇襲を受けたので、行列は大混乱に陥っている。

駕籠の警護をしている家来たちは、前後の斬り合いを見て、味方が劣勢になったら、きっとわずかな警護を残して、加勢に駆け下りるだろう。

そして、手薄になった駕籠に向かい、満を持して爆裂弾を抱えて隠れていた刺客が飛び出し、導火線に火を点けた爆裂弾を投げ付ける。

あるいは、あらかじめ駕籠が置かれる場所を予想して、爆裂弾を埋め込んで置き、駕籠が所定の場所に置かれたとき、導火線に火をつけて爆発させるという手もある。

しかし、いったい、誰が実行するというのか？

浪士隊か？　いや確実に春嶽殿の命を取るつもりなら、白水だ。脅迫状を出したのが、白水ならば、ここで登場しないはずはない。

文史郎は唸った。

「桐島、藩の火薬庫には、爆裂弾のようなものはあるのか？」

「爆裂弾ではなく、砲弾を発射する炸薬や、最新式の砲弾――これは従来の鉄の塊である弾丸ではなく、着弾すると爆発する信管付きの砲弾でござるが、どちらもあります。それらを改良すれば、簡単に爆裂弾を作れましょう」

桐島は答えながら頭を振った。

「しかし、藩の火薬庫から盗み出さずとも、岩石を破砕するための黒色火薬の発破《はっぱ》がありますから、それに導火線を付ければ、爆裂弾を作れましょう。威力があるかどうかは分かりませんが」

文史郎は考えた。

「しかし、これは容易ならぬ事態だな。大門、浪士隊の出発は明朝と申しておったな」

「はい。明朝、それも早くと申してました」

大門がいった。

春嶽殿の行列が、栃ノ木峠に差しかかるのは、明後日の午後だ。

それまでに、浪士隊は現地に一日早く入り、待ち伏せ場所に布陣するつもりなのだ。

こちらは、それを見越して、先に布陣する。

「桐島たちは手勢の者を明日昼のうちに集めてほしい。できるか?」

「はい。もちろんです。のう、秋」

桐島は秋に目をやった。秋はうなずき返す。

「はい。なんとか、集めます」

「それがしも、すでに同志に連絡してあります」

新田もしっかりとうなずいた。

「よし、左衛門、大門、明日、我らも出立し、浪士隊に先んじて栃ノ木峠に乗り込み、春嶽殿の大名行列を迎えることにしよう」

「はっ」「はい」

先手必勝。敵の先《せん》を取る。先を取って、春嶽殿の命を救う。

文史郎は腕組し、目を閉じた。

七

楢《なら》やブナの葉が頭上でかささこそと音を立てて揺れている。

風が出て来た。

徒侍組頭九頭竜隼人は床几に座り、黒雲が覆いはじめた空を仰いだ。

周辺の木々の間に繋がれた馬たちが、何かに怯えたように嘶《いなな》いたり、前足の蹄《ひづめ》で土を掻いたりして落ち着かない。

九頭竜の周辺には、白鉢巻きに白襷姿の徒侍たち数十人が我慢強く待機している。

駆け上がってくる蹄の音がして、やがて騎馬が九頭竜の前に現れ、伝令の侍が馬からひらりと飛び降りた。

「お頭、一番隊、二番隊、三番隊、四番隊、いずれも所定の場所に配置、終わりました」

「うむ。よし、合図をするまで、どんなことがあっても討って出るな、と各隊長に申し伝えてあるな」

「はっ。御意《ぎょい》の通りに」

九頭竜は傍らの部下に目をやった。部下は法螺貝《ほらがい》を手に、いつでも吹き鳴らせます、とうなずいた。

万事はうまくいっている。だが、……。

九頭竜は腹を立てていた。

今朝になって部下が栃ノ木峠の絵地図が一枚紛失していることに気付いたのだ。あれほど部下には、地図や書類の管理を厳重にしろと注意していたというのに。

盗まれたとすれば、裏屋敷に敵の細作《さいさく》が潜んでいたことになる。浪士隊に潜り込んだ浪士か無頼の浮浪人に細作がいたというのか。

しかし、たとえ絵地図が相手の手に渡ったとしても、あの絵地図だけでは、敵もこちらの策戦を察知はできまい。

すでに策戦は始まっている。いまさら、敵に地図が渡ったとしても決行あるのみだ。

万が一、第一の策戦が失敗しても、第二の策戦に切り替えるのみ。

九頭竜は腹を括ると、苛立ちが自然に収まった。

周囲の草叢《くさむら》がさわさわと揺れ、白装束の人影が数人現れた。部下の徒侍たちが、一斉に九頭竜の周りを固め、刀の柄に手をかけた。

「皆、待て。彼らはいい」

九頭竜は部下たちを扇子で制した。

頭上から白装束の修験者が一人、九頭竜の前にふわりと飛び降りた。木剣を手にした占部白水だった。

「九頭竜、首尾は？」

「上々だ。おぬしの方は？」

「いうまでもない」

白水は木剣を手でしごいた。

「例の物は受け取ったか？」

「例の物は昨夜受け取った。手下が現場に隠した」

白水はにんまりと笑った。

九頭竜は足下に拡げた策戦地図を睨んだ。

栃ノ木峠を通過する北国街道の道筋や周辺の丘や小山を地図に落としてある。

そこに浪士隊の配置や白水隊の潜伏箇所、徒侍組や騎馬隊の待機場所などが詳しく記されてある。

そして、峠に差しかかった行列の配列と、標的の駕籠の位置。

九頭竜は頭の中で、策戦を反芻《はんすう》した。

まず、第一に峠を下りはじめた行列の先頭を、浪士隊が斬り込んで行列を止める。

その騒ぎに後退しようとする行列の最後尾に、別の浪士隊が斬り込んで止める。

立往生させた行列に、前と後ろから挟み討ちするように、浪士隊が双方から坂を駆け上がる。

行列は駕籠を峠の頂上に置いて止めたまま、警護の供侍たちが坂の下から攻め上がる浪士隊を迎え討つ。

そこに峠の左右の樹林に潜んでいた白水とその一団が駕籠に殺到し、爆裂弾を駕籠に投げて春嶽もろとも爆破する。

万が一、春嶽が外に逃れ出ても、白水が待ち受けて仕留める。

ここからが大事だった。

法螺貝の合図を機に、峠の四方から、待機していた徒侍組と騎馬隊が、襲われた行列に駆け付け、浪士隊を殲滅《せんめつ》させるのだ。

春嶽の行列を襲撃したのは、あくまで尊皇攘夷を主張する浪士隊だと、藩や幕府に思わせねばならない。

そのためには、浪士隊の一人だとて逃さずに始末する。かなりの荒っぽい大仕事だ。春嶽爆死とでもなれば、筆頭家老岡部左膳をはじめとする現在の執政の責任は免れない。

そこで登場するのが、一度は失脚した守旧派の元家老の管野泰助たち旧執政だ。管野たちは直ちに登城し、現執政たちに責任を取らせて罷免し、自らが執政に復帰する。

ここまでの荒仕事を一気呵成《いっきかせい》にやらねばならない。躊躇なくやるしかない。

「九頭竜、こちらにも、たったいま御山から、いい知らせが届いた」

白水は端正な顔を醜く歪めていった。

「どのような知らせだ？」

「隠れ後継者の正体が分かった」

「誰だというのだ？」

「それは後のお楽しみだ。思わぬところに、隠れておった。許せん。ほかの誰にも殺《や》らせぬ。それがしがそやつの首を取る」

白水は憎々しげにいった。

風の音が吹き抜けた。

また林の中に新たな蹄の音がきこえた。やがて、騎馬が九頭竜の前に現れ、伝令が飛び降りて告げた。

「行列が来ました」

「よし。策戦開始だ。伝令、浪士隊に知らせろ」

伝令はまた馬に乗り、林の坂道を下って行く。ふと見ると、白水たちの姿も、林の緑の中に消えていた。

八

天空には黒い雲が渦巻いていた。風もやや強くなっている。

木立ちの間に、春嶽の大名行列の姿が見え隠れしている。

大名行列の隊列は、黙々と栃ノ木峠を目差して上がってくる。

名前の通り、峠には栃ノ木が何本も生い茂り、太い枝を伸ばしていた。

文史郎と桐島は馬の背から、尾根に連なる峠を見下ろしていた。

いつでも峠に駆け付けることができる態勢にある。

文史郎は事前に早馬を出し、春嶽に襲撃の恐れありと告げた。

しかし、春嶽は動じず、そのまま行列を進めると答えて来た。

越前に入るには、北国街道を使うしかない。大名の面子にかけて、引き返して、北陸に大きく迂回することもできない。危険を避けて、何日も宿場本陣に滞在することもできない。

在所の家老唐沢から国境まで、九頭竜率いる徒侍組や騎馬隊が迎えに行くので、心配なさらぬように、との早馬が来た。だから、心配無用というのが、同行している家老の岡部左膳の返答だった。

その九頭竜が信用できないというのに。

事情が分かっていないな、と焦ったが、いまとなっては仕方がない。

文史郎か桐島のどちらかが、直接春嶽の許へ乗り込めばよかった、といまになって思う。だが、もう間に合わない。

結局、桐島や新田、朝田秋が集めた剣士は、十人でなく六人に減っていた。あまり急なことなので、四人は連絡が取れなかったり、病気で参加できないということだった。

文史郎たちも入れて、総勢十二人。もし大門が二人を寝返らせることができれば、十四人。

少ない手勢だ。文史郎か桐島のどちらが欠けても、大きく戦力を減退させることになる。

まず十二人を文史郎と桐島たちの五人と、大門組の七人に分けた。

文史郎、桐島、左衛門、新田と新顔の島根《しまね》という侍が、峠の頂上付近を受け持ち、大門と朝田秋を中心に、新顔の侍五人が峠を下った先に待機することにした。

浪士隊が沿道の両脇の林や岩陰、草叢に潜んでいるはずなのだが、どこに隠れているのか分からない。

もしかして、絵地図を盗まれたのを知った九頭竜たちが、策戦を大幅に変更し、待ち伏せ箇所を変えた恐れもある。

だが、文史郎は、白水たちが多勢を力に策戦をごり押ししてくると判断した。

峠には、左衛門と新田、島根の三人が警戒にあたっていた。もし、相手が爆裂弾を持った白水たちの修験者一味だとすると、手強い。三人では危うい。

白水たちは気配を忍ばせ、峠の頂周辺に肉薄していると見ていい。

「よし、参ろう」

文史郎は馬の腹を蹴った。桐島も馬の腹に鐙で打った。

二騎の騎馬は尾根道を駆け下りて行く。

栃ノ木の枝の下を潜ったとき、いきなり、頭上から白い影がふわりと馬の前に飛び降りた。

馬は驚き、後ろ肢立ちになった。

文史郎は馬から飛び降りた。

白装束の影は刀を一閃させ、文史郎に襲いかかった。

文史郎は体《たい》を躱し、躯をくるりと回しながら、抜き打ちで相手の胴を斬った。

真っ赤な血潮が噴き出て、白装束を赤く染めた。

「桐島」

振り向くと、桐島が、もう一人の白装束の修験者を一刀両断にしていた。

「殿、やはり、白水たちは峠で待ち伏せする魂胆ですな」

桐島は刀についた血糊を振り払った。

文史郎も懐紙で刀の血糊を拭き、元の鞘に納めた。

桐島は口を鳴らした。

二頭の馬は、逃げずに待っていた。馬たちはおとなしく桐島と文史郎に寄って来た。

大名行列の先頭は峠を上り、ゆっくりと下りはじめていた。

二人は馬に跨がり、また尾根道を峠に向かって駆け下りていく。

峠の小さな広場に到着すると、左衛門や新田、島根がほっとした顔で文史郎と桐島を迎えた。

左衛門たちは浪士隊と区別するため、白鉢巻きに白襷をかけている。

「どうだ、様子は？」

「いまのところ、異状なしです」

「それがしたちは、修験者二人に襲われた。間違いなく、ここで襲ってくるぞ」

「分かりました。新田、島根、いいな。油断するな」

左衛門は二人に声をかけた。

目の前を、大名行列の隊列が、静々と歩んでいく。坂道なので、皆肩で息をしていた。

文史郎も桐島も馬を下り、手早く白襷かけをし、額に白鉢巻きをきりりと締めた。

行列の脇を三騎の騎馬が駆け上がって来た。

先頭は大目付の望月だった。

「相談人、桐島、出迎え、ご苦労だった」

望月は息を切らせながら叫んだ。

「お頭、ご苦労様でござる」

いっしょの二騎の武士たちは桐島に笑顔で挨拶した。二人とも馬廻り組の部下だ。

桐島は望月にいった。

「大目付、ご油断なさらぬよう。敵がどこかに潜んでおります。この坂の下にいる白襷の七人は味方でございます。お間違えなさらぬよう」

「なに、迎えはこれだけか。九頭竜の徒侍組や騎馬隊はいないのか？　迎えに来ているはずなのに」

「おりませぬ。われらのみでござる」

「九頭竜のやつ、何をしておるのか」

望月は苛立った声を上げた。

文史郎があたりに油断のない目を向けながら、望月にいった。

「望月殿、行列を立ち止まらせず、一気に峠を越えられよ。もし、襲われても、構わず駕籠は止めずに、峠を越え、すぐに坂を下ってほしい」

「分かった。……おまえ、駆け戻り、御家老に、いまの相談人の指示を伝えよ」

「はっ」

二騎のうちの一騎が、いま上って来たばかりの坂を再び駆け下りはじめた。

途中、馬上の侍が突然馬から落ち、坂を転がった。行列の供侍たちが駆け寄って助け起こした。馬はそのまま坂道を駆け下りて行く。

「何をしとる。こんなところで落馬しおって」

「大目付、気を付けて！　矢でござる！」

桐島が怒鳴り、抜刀した。大目付の馬を庇うように矢の飛んできた方角に向かって立ちはだかった。

「何、弓矢だと」

落馬した侍の背中には、矢が深々と刺さっていた。

文史郎も弓矢が飛んで来た方角に目をやり、射手を捜した。草藪に隠れているのか、姿はない。

「行け」

文史郎は望月の馬の尻を手で叩いた。

望月は手綱を引き、もう一騎を従えて、峠を下って行った。

「敵には弓矢があるぞ。油断するな」

文史郎も叫びながら抜刀し、矢に備えた。

空《くう》を切って矢が飛んだ。一本は文史郎の頬を掠めて過ぎた。

続いて、もう一本。

桐島がはっしと刀で叩き落とした。

「伏せろ」

行列の供侍や中間《ちゅうげん》、足軽たちが一斉に地べたに伏せた。

「射手は、三人。新田、朝田、続け！」

桐島は怒鳴り、抜刀したまま、正面の木立に駆けはじめた。

「はっ」「はいっ」

新田と朝田秋は刀を抜き、弾かれたように桐島を追って駆けた。

木立に人影が動いた。

続け様に桐島たちに向かって、何本もの矢が風を切り音を立てて飛んだ。桐島たちは、一瞬にして矢を刀で叩き切った。

「おのれ、逃がすな」

桐島は早くも緑の木立に走り込んだ。

新田と朝田秋も草叢に飛び込んで姿を消した。

「さ、いまだ！　行け」

文史郎は背後の行列の供侍たちに怒鳴った。供侍たちは急いで起き、一斉に歩き出す。

供侍たちも歩きながら、柄袋《つかぶくろ》の紐を解いて、刀の柄を出した。足軽から長槍を受け取る侍もいる。応戦の構えだ。

「行け行け。ぐずぐずするな。止まるな。後ろの駕籠がつかえている。走れ。行くんだ」

文史郎は刀を八相に構えながら、供侍たちを叱咤激励した。

いかん。

桐島たち三人が飛び道具を使う敵を追うと、道の反対側の守りが手薄になる。

「爺、島根と左側を頼む。こちらの右側は拙者が護る」

「了解」

左衛門は島根を連れ、行列の左側に走り出た。道端の木立や草叢を警戒して刀を構えた。

ウォー。

坂の下で鬨《とき》の声が起こった。

下を見ると、道の左右から、浪士や無頼の者たちが抜刀し、行列に襲いかかっていた。

大門が六尺棒を振り回し、奮戦しはじめた。いっしょに白鉢巻きに白襷の大門組の侍たちが、浪士や荒くれ者たちと斬り結んでいる。

行列の供侍たちも一斉に一文字笠《いちもんじがさ》を放り投げた。刀を抜いて、浪士たちと斬り合いはじめた。

刀と刀の打ち合う金属音が響いていた。悲鳴や絶叫。怒声、罵声、叱咤が起こる。

馬上の望月が手綱を操り、馬を回しながら、周囲の浪士たちに刀を振り下ろしていた。

もう一騎の供侍は下から刀で突かれ、落馬した。

行列は先頭の斬り合いで、前に進めずに止まっていた。

文史郎は後方の隊列を振り返った。

陸尺たちが必死に権門駕籠を担ぎ、峠に駆け上がる。警護の供侍たちが権門駕籠の左右に付いて走って来る。

家老の岡部左膳が馬を駆って、権門駕籠の脇を抜いて、坂を上って来た。警護の騎馬が四騎、家老の馬について駆け上がる。

「止まるな。走れ。上まで走るんだ」

家老は血相を変え、行列の供侍たちに叫んだ。

行列は峠の頂上で滞りはじめていた。

前方で斬り合いが始まったので、あとに続く行列が坂を下りようにも下りられない。

ウォー。

行列の殿《しんがり》のあたりでも、鬨の声が上がり、斬り合いが始まった。

行列の最後方にも、沿道の木立や草叢から浪士や荒くれ者が刀や脇差しをかざして斬り込んだのだ。

供侍たちは一文字笠を投げ捨て、応戦しはじめた。一文字笠は宙に舞い、風に乗って流れた。

予想通りだ。次は春嶽の権門駕籠が襲われる。

文史郎は、行列の右側を主に、警戒の目を走らせた。

早く戻れ、桐島。敵を深追いするな。

文史郎は念じた。

ようやく桐島たちが木立から現れた。

桐島は負傷したらしい。朝田秋の肩を借り、抜き身の刀を地に突きながら歩いて来る。

二人だけか？　新田の姿がない。

おのれ、新田はやられたか。と思ったら、桐島と朝田秋の二人の背後を護りながら続く新田の姿が見えた。

「四番隊、殿《しんがり》に加勢しろ」

家老岡部左膳の命じる声がきこえた。家老は自ら馬に跨がり、采配を揮《ふる》っている。

行列の中の四番隊の供侍たちが一文字笠を投げ捨てた。抜刀し、喚声を上げ、登って来たばかりの坂を駆け下って行く。

たちまち四番隊の隊士たちと浪士たちが斬り結ぶ。

「エッサ、ホイサ」

陸尺たちが掛け声をかけながら、権門駕籠をようやく峠に運び上げた。だが、前が詰まっているので、先に進めず、陸尺たちは権門駕籠を下ろした。

警護の供侍たちが、急いで権門駕籠の左右に付いた。刀に手をかけて襲撃に備えている。

「隊長、先に行けません」

警護の供侍が警護隊長に告げた。警護隊長は下り坂に止まっている行列を見て舌打ちをした。

「仕方ない、しばし待て。警戒を怠るな」

家老が馬で権門駕籠に駆け寄り、鞭を振り回し、警護の供侍や陸尺たちを叱咤した。

「止まるな。行け、行くんだ」

だが、陸尺たちも権門駕籠を担ぎ上げても動けない。

「文史郎様、不覚を取りました」

朝田秋の肩を借りた桐島がようやく戻り、文史郎の足許に座り込んだ。

新田があたりを警戒しながら戻った。

桐島の右腿には矢が深々と刺さり、血が裁着袴《たっつけばかま》に染みを作っていた。

「射手は？」

「三人のうち二人は斬り捨てました。そのうち一人は元弓手組頭の和泉でした」

元弓手組頭の和泉笙之介は管野泰助の子飼いだった。

「そうか、よくやった。傷は大丈夫か」

「大丈夫でござる。なんのこれしき」

桐島は脂汗をかいている。

「やせ我慢するな」

「血さえ止めれば……」

「お手当てを」秋がいった。

「頼む」

秋が桐島の傍にしゃがみ込み、腰の小刀を抜いた。桐島は出血で青白い顔をしている。

「御免」

秋は刀で裁着袴を切り裂き、大腿部を露出させた。矢は腿を射抜き、血塗《まみ》れの鏃《やじり》が腿の裏側から突き出ている。

秋は顔を赤らめながら、素早く桐島の腿の付け根に手を入れ、下緒《さげお》を巻き付けた。下緒を引っ張り、堅く縛った。

秋は突き刺さった矢柄に、小刀の刃をあてた。小刀で矢柄を削り、切り疵をつけた。小刀を腰に戻し、矢柄を手で握った。

「痛みますよ」

「いいからやれ」

桐島は苦痛を堪え、うなずいた。

「では」

秋は思い切って矢柄をへし折った。桐島は歯を食いしばって痛みを堪えた。

「無理して矢を引き抜けば、出血はさらにひどくなります。あとはお医者に」

「いい。なんとか動ける」

桐島は秋の肩に左手をかけ、右手で地面に突き立てた刀を握り立ち上がった。

「殿！　駕籠が」左衛門の声が上がった。

「おのれ、出おったか！」

左衛門の声が響いた。振り向くと、白装束姿の修験者たち七、八人が、駕籠に斬り込んで来るのが見えた。

陸尺たちが悲鳴を上げて逃げ出した。

白装束たちは、警護の侍たちと斬り結び、たちまち、数人を斬り倒した。

「出会え出会え」

斬られた警護隊長が駕籠の担ぎ棒にもたれながらも叫んでいた。

「待て待て」

文史郎と新田が駕籠を回り、左衛門たちの傍に走り出た。

白装束たちは、さらに増え、下から上がろうとする供侍たちの前に立ち塞がり、駕籠に近寄らせない。

白水たち！

文史郎はすかさず、白装束たちに飛び込んで、一人を斬った。

左衛門も一人の白装束と斬り合っている。

島根は左右から二人の白装束に襲われ、権門駕籠に後退している。

「島根、加勢する」

文史郎は島根に左から突きを入れようとしていた白装束を斬り払った。

「かたじけない」

島根は右腕に傷を負っていた。

「大丈夫か」

「かすり傷でござる」

島根はそう叫んだが、右手をだらりと下げていた。

「下がれ」

文史郎は島根を背に庇い、白装束たちに対峙《たいじ》した。

島根に斬りかかっていた二人の白装束は、文史郎の登場に、あわてて飛び退いた。

突然、天空に影が舞った。新たな白装束の修験者がふわりと文史郎の前に降り立った。

「相談人、邪魔するな」

坊主頭の占部白水が目の前に立ちはだかった。両手に爆裂弾を持っていた。導火線に火が点けられている。

導火線は根元近くまで燃え、火花が出ている。

「春嶽殿、駕籠から逃げろ」

文史郎は叫びながら、白水に突進した。

三人の白装束が白水の前に走り出て立ち塞がった。抜刀して文史郎に三方から斬りかかる。

文史郎は一人の刀を打ち払い、もう一人の刀を刎《は》ね上げた。三人目の刀が襲いかかった。文史郎は斬られると観念した。

一瞬、軽い身のこなしの人影が文史郎の前に飛び込み、刀を一閃させた。刀は三人目の白装束を見事に斬り払っていた。

影が振り向いた。弥生がにこっと笑った。

「文史郎様」

夢か、幻か？　文史郎は驚いた。

なぜ、弥生がここにいる？

瞬間、黒い物が二つ駕籠に飛ぶのが見えた。

「危ない！」

文史郎は咄嗟に弥生に抱き付き、地べたに転がった。軀で弥生を守ろうとした。

権門駕籠の傍で爆発が起こった。二発目の爆発で権門駕籠が粉砕され、あたりに駕籠の木片が飛び散った。

ばらばらっと小石が飛び散り、文史郎の背中にも当たった。激痛が背に走った。

「文史郎様」

弥生が文史郎の胸に顔を押しつけていた。

文史郎は慌てて起き上がり、権門駕籠を見た。

権門駕籠は粉砕され、ほぼ原型を留めていなかった。

周りに警護の供侍たちや左衛門たちが伏せていた。死体も転がっている。

春嶽の姿は見当らなかった。春嶽は権門駕籠から逃げ出せなかったのだろう。

伏せていた左衛門や島根が起きはじめた。警護の供侍たちも身を起こす。

「殿お」

「春嶽さまあ」

家来衆が権門駕籠の残骸に駆け寄り、泣き叫んでいる。

春嶽殿が爆殺された！

「おのれ、白水」

文史郎は痛む背を押し、白水の姿を探した。

「ははは」

高笑いがきこえた。

白水が近くの岩の上に立っていた。勝ち誇った顔で笑っている。

「相談人、見たか、春嶽の最期を」

白装束の修験者たちが白水を守っていた。

「白水、それがしと立ち合え。ここで決着を付けよう」

文史郎の背後から桐島の声がかかった。

桐島は秋の肩を離れ、片足を引きずりながら、一歩一歩、ゆっくりと歩んで来る。

「おう、桐島左近之介。待っていた。喜んでお相手しよう」

白水はにんまりと笑った。岩の上から飛び降りた。

「桐島、まさか、おぬしが隠れ後継者だったとはな。それがしもすっかり騙されていた」

「なに？　後継者は桐島だと？」

文史郎も桐島を振り返った。桐島はすまなそうに文史郎に頭を下げた。

「申し訳ござらぬ。文史郎様には打ち明けるべきでござったが」

「なに、相談人も騙されておったのか。これは愉快」

白水は笑い声を立てた。

桐島は刀を構え、じりりと前に進んだ。

「白水、立ち合え。春嶽様の仇」

「いいのか、そんな手負いの軀で、それがしに勝てると申すのか」

「遠慮はいらぬ。これきしの怪我で、おぬしに負けるつもりなし」

「笑止。えらい自信だな。そうか、白山霊験流秘太刀『虎の尾』を遣うつもりか」

「おぬしも出せ。秘剣『熊の手』を。朝田覚之臣、御岳武村の仇も、拙者が討つ」

「お待ちください。桐島様、父朝田覚之臣の仇討ちはそれがしがやりとうございます」

朝田秋が進み出た。

「なに、女子の身で、それがしを討つだと。これは愉快。いくらでもお相手いたそう」

白水は木剣をびゅうびゅうと唸らせて振った。

桐島が朝田秋を手で制した。

「待て、秋。おぬしは出るな。大事な軀だ」

どこかで法螺貝が吹き鳴らされはじめた。法螺貝の音が風に乗ってきこえて来る。

それを合図に、四方八方から、新たな鬨の声が上がった。

「おう、仕上げの掃討が始まったか」

白水は独りごちるようにいった。

また新手《あらて》の敵が現れたか、と文史郎は緊張した。

峠の麓を見ると、白襷に白鉢巻き姿の侍たちが、浪士や無頼の者たちに殺到し、斬りかかっている。

たちまち浪士や無頼の者たちの群れは斬り崩され、逃げ惑いはじめた。

「味方の徒侍組だ」

「騎馬隊がやっと駆け付けてくれたんだ」

供侍たちから歓声が上がった。

そのとき、並んだ供侍たちの間から、見覚えのある顔の武士が現れた。小姓を従えている。護衛の供侍たちが武士の周囲を固めていた。

たちまち、行列の供侍たちが、その場に平伏しはじめた。

「春嶽様だ」

「春嶽様が生きておられた」

行列からどよめきが起こった。

騎乗した家老の岡部左膳が、春嶽の傍に駆け付け、馬から飛び降りた。

「ご無事でなにより」

「岡部、うまくいったな」

春嶽は笑いながら、峠に登って来る。

「なにい、春嶽め、生きておったか」

白水は動揺した。

春嶽は大声で怒鳴った。

「おぬしが、占部白水か。生憎《あいにく》だが、おぬしの策略、すべてお見通しだ。皆の者、白水を召し捕れ」

それを合図に、警護の供侍たちが、一斉に白水たちに殺到した。

桐島が怒鳴った。

「白水、観念しろ。おとなしく、お縄を頂戴するんだ」

「笑止千万。桐島、おぬしとの勝負、今日はお預けにしよう」

白水は身を翻して岩の上に跳んだ。

白装束たちが、一斉に白水のあとを追った。

警護の供侍たちが追いかけようとしたが、白装束の一団は尾根の岩場を鹿のように跳び跳ねて逃げて行く。やがて、一団の姿は忽然と森の中に消えた。

桐島が春嶽の下《もと》に平伏した。

「殿、ご無事で。一時は爆裂弾で爆死なさったかと……」

朝田秋も新田も、島根たちも春嶽の前に平伏している。

「殿お。ご無事でござるかあ」

数騎の馬が声とともに、坂の下から駆け上って来るのが見えた。

徒侍組頭の九頭竜隼人と、その部下たちだった。

反対側の坂からも騎馬が一頭駆け上って来た。こちらは、髯の大門だった。

「おお、どちらの殿も無事でござったか」

大門は文史郎を見ると安堵し、その場にどっかりと座り込んだ。

左衛門が訊いた。

「大門殿、ほかの六人は無事か？」

「三人が怪我しましたが、それがし含めて七人全員無事でござった」

「それはよかった」

大門は弥生に気付き、仰天した。

「あれ、弥生殿、どうして、弥生殿がここにおられるのか。あ、殿も人が悪い。今回は連れて来ないとおっしゃっていたのに」

「待て。それがしも、ほんとに狐につままれた思いなのだ」

文史郎は侍姿の弥生を見た。弥生は文史郎の軀に身を寄せた。

「文史郎様たちが、それがしを同じ相談人なのにないがしろにし、こちらに来ることができない、そう春嶽様に申し上げたら、それはけしからぬ、いっしょに連れて行こうといっていただいたのです。それで、こうして来ることができた次第」

春嶽が笑いながら、文史郎に歩み寄った。

「おうおう、相談人殿、このたびは、いろいろ世話になったな」

「なにか、弥生が、お世話になったようで。ご迷惑をおかけして申し訳ござらぬ」

「いや、弥生殿は、さすが相談人だ。世話になったのは、こちらの方だ。おかげで、命拾いした」

「命拾いしたですと?」

「さよう。この峠に入る前に、弥生殿の助言で、権門駕籠を降りて、供侍に混じって歩くことにした。駕籠に乗ってお国入りするよりも、たまには自分の足でしっかりと大地を踏みしめ歩いた方が健康にいい、といわれてな。それに駕籠は敵に狙われ易い。爆裂弾でも投げ付けられたら、駕籠もろとも吹き飛んでしまう、と。まさしく弥生殿のいう通りになった。命拾いして、ほんとうに感謝しておるのだ」

弥生は、どうです、という顔で文史郎を見上げた。

春嶽の前に、どどどっと音を立てて、九頭竜が土下座した。

「殿、このたびは、警備に駆け付けるのが遅れましてまことに申し訳なく存じております」

「浪士隊とやら、おぬしが組織したのであろう？」

「はい。確かに。しかし、これには、諸々、訳がございまして。ぜひ、お話しいたしたく」

「九頭竜、余も、おぬしにはいろいろ尋ねたいことがある。城に戻ったら、しかと訳を尋ねることとする。いいな」

春嶽は厳しい口調でいった。

「ははあ」

九頭竜は、地べたに額を擦り付けた。

「行列を整えよ」

馬上の岡部左膳が大声で供侍に命じていた。

春嶽は馬上の人となった。

行列の出発の準備が整った。

二頭の馬蹄の音が近付いて来た。桐島と朝田秋の馬だった。

桐島が馬上から文史郎にいった。

「それがし、一足先に参ります」

「お医者に連れて行きます」

朝田秋が馬上からいった。

「おぬしにも訊きたいことがあるのだが」

「はい。詳しいお話は屋敷に戻りましてから、ということで。御免」

二騎の馬は坂を急ぎ足で下りて行った。

二人を見送りながら弥生が呟くようにいった。

「あのお二人、いい感じですね。もしかして、いい仲かも」

「……どうして、そう思うのだ?」

「目は口ほどにものをいいです。秋殿が桐島様を見るときの目は優しくて、愛を感じています」

「そうかのう」

文史郎は惚《とぼ》けた。ほんとうは自分もどこかで、二人を弥生のように見ていた。

「どこかの殿のように、女心がまったく分からない不粋な人もいますからね」

弥生は文史郎を流し目で睨んだ。

大門と左衛門が顔を見合わせ、にやにや笑った。

再び、大名行列は街道を歩き出した。

九

春嶽がお国入りしてからの数日間、越前藩は表向き、何ごともなかったかのように平穏そのものだったが、裏では大荒れの騒ぎが続いていた。

尊皇攘夷派の首魁九頭竜隼人は、徒侍組頭の任を解かれ、切腹こそ免れたものの、半年間の閉門蟄居を命じられた。

九頭竜の腹心の部下で、徒侍組の小頭など幹部は軒並み解任され、扶持を減らされ、小普請組などの閑職に左遷された。

徒侍組はいったん解散され、事件にあまり関わらなかった者などを中心に再組織された。

九頭竜が組織した浪士隊も解散を命じられ、参加した浪士や無頼の者たちはいずれも国外追放となり、再入国は許されないこととなった。

守旧派の元家老管野泰助については、事件の黒幕として、財産没収の上、隠居を命じられ、山奥の山荘に居住することとなった。

弓手組の元組頭和泉笙之介は、死亡したため、その家族は厳重注意だけで、事実上お咎めなしとなった。

事件の主犯と目《もく》される占部白水については、越前藩から指名手配されたが、本人逮捕ができず、処分保留となっている。

藩としては、これまで藩の守護者でもあった白山の越前馬場につき、不干渉だったので、口を出すことを控えたのだった。

春嶽は、連日のように、文史郎や左衛門、大門、弥生を城や別邸に招き、酒食でもてなした。

その日も、文史郎たちは宴会でしたたかに飲んで、家老の屋敷に戻った。

客間に桐島左近之介が朝田秋とともに待っていた。

文史郎は桐島と秋の前にどっかりと座り、胡坐をかいた。

「なにか、桐島殿は相談があるようだな。我々は、少し遠慮しよう」

左衛門は大門、弥生にいい、三人は部屋の端に座った。

「いえ。皆様にも、お話しておきたいことですので、ぜひ、おききください」

桐島は左衛門たちにも頭を下げた。

文史郎は笑いながら、緊張した面持ちの桐島に話しかけた。

「傷は少しはよくなったか？」

「はい、おかげさまで。痛みはあるものの、軀はどうにか動きます」

「うむ。それはよかった。ところで、何か話があるのか？」

「このたびは、それがしが不覚を取り、まことに申し訳ありませんでした。殿にたいへんご迷惑をおかけしました。そのお詫びを申し上げたくてお伺いいたしました」

「ははは、そんなことか。気にするな。少しも迷惑など蒙っておらなんだぞ」

「そういっていただくと、たいへん恐縮に思います」

「堅苦しいことは抜きだ。話をきこう」

「越前馬場から、使いが参ったかと思いますが」

「うむ。参った。占部伯琉殿の娘の志麻殿が参られた。話もきいた。尊師と立会人の九人衆が協議した結果、隠れ後継者の正体を明かすと。後継者に指名されたのは、おぬしだったとな」

「驚かれたことと思います」

「正直申して、薄々おぬしが隠れ後継者ではないか、と思っていた。だから、あまり驚きではない。ただ白水が見破っていたことに驚いた。どうして、分かったのか、とな」

「白水は、実の母都与殿から知らされたのだと思います。都与殿は、義弟の占部玄馬殿からきいたのでしょう。尊師たちが決めたことで、話してもいいことは、その日のうちに占部一族全体に広がりますので」

「そうか。なるほどな。しかし、なぜ、後継者であることを内緒にしておったのか？それが不思議でならない。そのおかげで、大勢が疑心暗鬼に囚《とら》われ、なかには殺された者もいる。いや、といって、おぬしを責めるつもりは毛頭ないからな」

「はい。重々その責任を感じております。ですが、これには、深い訳がございまして、それがしも、どうしたらいいか分からず、悩みに悩んだ末のことでした」

「どういうことかな？」

桐島は下げていた頭を上げた。

「占部一族の長八代目占部伯琉師は、なぜ、息子の白水に家督を継がせなかったのかです」

「うむ」

「代々の占部伯琉が、後継者として選ぶのは、直系の血族か、少なくても占部一族の血を引く者であることが第一の条件です」

「うむ。それで」

「第二の条件は、白山霊験流の剣の修行を重ねて、免許皆伝以上の技量があると師が判定し、秘太刀『虎の尾』を伝授されるにふさわしい識見、人格を備えた人物であることです。師は、この二つの条件を持った者を後継者に指名なさる」

「うむ」

「それがし、これら二つの条件を満たしているとは到底思えないのです」

「謙遜するな。師がそう判断すれば、それでいいことなのだから」

「それはさておいても、さらに複雑な問題があったのでございます」

「ほう。どういうことかな」

「尊師占部伯嶺殿に対する長《おさ》占部伯琉師の確執です。占部伯琉師は、尊師に根深い不信と恨みを抱いておられたのです」

「ほほう。二人は実の親子であろう？　その親子が憎み合っておったのか？」

「いえ。尊師はともかく、子の占部伯琉師が、父であり尊師である占部伯嶺師を憎んでいたのです」

「なぜ？」

「ある日、師は、それがしに明かしたのです。息子の白水は実の我が子ではない、父である尊師と妻都与の不義の子であると」

「なに、では、白水は占部伯琉の子ではなく、祖父占部伯嶺が都与に産ませた子だったというのか」

文史郎は顎を撫でた。

「はい」

「いつから、占部伯琉は、その事実を知ったのだ？」

「都与殿が白水の妹志麻殿を産んだ折のこと、父の占部伯嶺が、ぽつりと洩らしたそうなのです。今度はほんとうにおまえの子だな、と」

「……きっと、それをきいて、都与殿を責めたのだろうな」

「都与殿を責めたら、都与殿も白水は尊師の子だと認めた。占部伯琉師は、都与殿に否定してもらいたかったのに」

「ううむ」

「そのことがあってから、占部伯琉師は、白山霊験流を白水に教える気力をなくしてしまった。そして、尊師への恨みから、白水には絶対に後継者として指名しないと心に決めたのです」

「なるほど。それで、おぬしはどうした？」

「師を説得しようとしました。尊師への憎しみを忘れ、都与殿の裏切りも、過去のこととして水に流して忘れるべきだと。だが、師は首を縦に振りませんでした。逆に、占部の者は信用ならぬ、おぬしのような外部の者の方が信用できる。そうおっしゃって、芝田善衛門やそれがしを熱心に鍛えた」

「ふうむ。それで」

「白水は、敏感にそれを悟り、師がひいきする芝田善衛門やそれがしを憎んだ。師は、それを察知し、それがしを白山から下ろした。修行から脱落したことにした。そして、聖地東尋坊の岩場で、それがしを鍛えたのです」

「おぬし、そこで秘太刀『虎の尾』を伝授されたのか？」

「はい。しかし、それがしは、伝授されても、後継者にはなれない、とお断わりしました。それがしのような外部の者ではなく、やはり占部一族の血を受け継ぐ者が後継者になり、一族の長になるべきだと申し上げたのです」

「そうしたら？」

「それがしに、娘の志麻をやる。志麻を娶って養子になり、占部一族に加われとおっしゃった。それがし、それもお断わりしました」

「いい条件ではないか？　あのような美しい占部の媛を娶るのだぞ」

文史郎は、ちらりと弥生に目をやった。弥生が不機嫌な顔をしていた。

「志麻殿には、実は将来を言い交わした男がおります。それも占部一族の男」

「だから、断ったのか？」

「いえ。そうではなく、それがしにもすでに言い交わした許嫁がいたからです」

「なに、おぬし、許嫁がおったのか」

「はい。歳は少し離れていますが、心に決めた嫁です」

「……もしかして」

文史郎は、桐島の後ろに控えている朝田秋に目をやった。

朝田秋は文史郎に両手をついて頭を下げた。

「はい。朝田覚之臣殿の娘秋殿でござる」

文史郎はまた弥生に目をやった。弥生は、ほらいった通りでしょ、という顔で笑った。

「それはすばらしい。秋殿、よかったのう」

「ありがとうございます」

秋は深々と頭を下げた。

「占部伯琉も、そこまできいたら、おぬしのことをあきらめるべきだったな。しかし、占部伯琉は、おぬしに秘太刀『虎の尾』を伝授した。おぬしも、なぜか分からぬが、秘太刀『虎の尾』を伝授されるのを拒まなかった。どうしてだ？」

「占部伯琉師は不治の病でした。それがしにも、最後の気力を奮《ふる》っての秘太刀『虎の尾』の伝授でした。もし、それがしが、秘太刀『虎の尾』を伝授されなかったら、秘技『虎の尾』は、消え去る運命にあったのです」

「ふうむ」

「師は、それがしに伝授したあと、この世に思い残すことなし、と身を海に投げたのです。それがし、止める間もありませんでした。それも、尊師の目の前で、あてつけのように」

「ははあ、そういうことだったのか。しかし、なぜ、隠れ後継者となったのだ？」

「それがしが望んでの後継者ではなかったからです。白山霊験流の秘太刀『虎の尾』を後世に残すための非常手段でした。占部玄馬殿や尊師から、秘伝を受け継いだ者として、それがしが志麻殿を娶り、占部一族の長になってほしい、としつこく説得されました。ですが、頑《かたく》なにお断わりしたのです」

「それで、隠れ後継者となったのか」

「はい。秘太刀『虎の尾』を伝授できる剣技の持ち主で、長にふさわしい人物が見つかるまで、それがしが隠れ後継者の任を果たす、尊師や九人衆との密約を結んだのです。もちろん、この密約は明らかにされなかったので、白水たちは隠れ後継者は誰なのだと疑心暗鬼にとらわれたことでしょう。そしてまた、隠れ後継者をめぐって大勢の人が亡くなりました。その責任は、偏《ひとえ》にそれがしにあります。申し訳ないとただただ思います」

　桐島は文史郎に深々と頭を下げた。

「おいおい、それがしに謝られても仕方ないぞ。おぬしが悪いとはいえない。運が悪かったとしかいえないな」

　文史郎は左衛門や大門、弥生を見た。

　皆黙っているが、桐島に同情しているのが顔に出ている。

「おぬしは、後継者にして後継者にあらず、秘太刀『虎の尾』を伝授する幽霊のような存在だな」

「幽霊でござるか。さようでござろうな」

「いま、おぬしは、後継者にふさわしいと思う者、考えておるか？」

「はい。まだ、剣技は未熟、人格識見も未成熟ですが、有望なる若者はおります」

「ほう。誰だ？」

「それがしが見るに、占部玄馬殿の息子中馬。占部一族の血統であり、将来、必ず優れた剣技の持ち主になるか、と」

「そのこと、八代目占部伯琉師に伝えなかったのか」

「もちろん、伝えました。ですが、師には白山霊験流を中馬に教え、免許を与えるまでの時間がなかったのです。最期に、師はそれがしに、中馬を頼むと申され、潔《いさぎよ》く自死なさったのです」

「なるほど。そういう事情であったのか」

「しかし、その遺言を、それがしが果たすことができるか否か、いまは分かりません」

「ほう。なぜ、自信がないのだ？」

桐島は、いったん口を噤《つぐ》んだ。

喋るか喋らないか、迷っている顔だった。

「いえ。桐島、胸に仕舞っておくと、かえって事態を悪くする。いっそ明らかにして、他人の意見をきく方がいいぞ。くよくよせずに話せば、憂さも晴れる」

大門が声をかけた。

「桐島殿、殿は相談人、万《よろず》悩み事、相談に乗ります、だ。遠慮するな」

「大門、万揉め事引き受けいたすだぞ」

左衛門が茶々を入れた。

「どちらでもいい。話せ」

「実は、白水から、果たし合いの申し入れが来ております。それも、尊師、占部九人衆の立ち合いの下《もと》、聖地東尋坊において、雌雄《しゆう》を決しよう、と」

「その軀でか」

桐島が太股に受けた矢傷はまだ治っていない。無傷の白水と立ち合うとなると、圧倒的に不利だった。

左衛門が頭を振った。

「東尋坊でござるか」

大門がうなずいた。

「切り立った岸壁や奇岩の岩棚の海岸ですな。大昔、拙者は旅の途中で一度立ち寄ったことがあります」

　左衛門もうなずいた。

「爺も若いころ訪ねたことがありますぞ。たしか、平泉寺《へいせんじ》の僧兵の東尋坊という暴れん坊が、女子をめぐって同輩の僧兵たちと争い、みんなを叩きのめした。それで恨みを買い、仲直りだということで、その切り立った岩だらけの海岸に呼び出され、僧兵仲間といっしょに、油断して酒盛りをしているうちに、虚を突かれて高い崖の上から海に突き落とされて死んでしまった。それ以来、その海岸には東尋坊という名が付けられた。そうであろう？」

　大門が唸った。

「秘剣『熊の手』か、秘太刀『虎の尾』か。熊が勝つか、虎が勝つかの勝負ですな」

「で、果たし合いの日は？」

「明日」

「なに、明日だと！　時刻は？」

「申《さる》の刻」

「夕七ツか」

　文史郎は左衛門、大門、弥生と顔を見合わせた。みんなの顔から笑いが消えていた。

十

東尋坊の海は、風雨強く、大荒れに荒れていた。

波は大きくせり上がり、岩壁に押し寄せては、激しい音を立てて岸壁を叩き、白い飛沫を噴《は》き上げる。

岩を食む怒濤は間断なく押し寄せ、轟々と雷鳴のごとく咆哮《ほうこう》した。

雨脚《あまあし》は先刻よりも強くなった。岩場の岩肌に水飛沫が舞い上がり、靄が立ち籠めている。

崖の上には、吹き付ける風雨にもめげず、尊師占部伯嶺を中心にし、立会人の九人衆がずらりと並んでいた。

その隣の岩場には占部玄馬と中馬、それに志麻も顔をそろえていた。

対するこちら側の岩場には、文史郎と左衛門、大門、朝田秋と弥生が立ち、息を詰めて、三段岩の岩棚を見つめていた。

最上段の岩棚に白水が抜き身の大刀を手に仁王立ちしている。

対する桐島は二段目の岩棚に立ち、まだ腰の刀は抜いていない。

「やい、桐島、覚悟はいいか」

白水は風雨に負けない大声で挑発した。

桐島は雨に濡れそぼりながらも沈黙をしている。

白水はがなるように怒鳴った。

「尊師は我に約束した。我が秘剣『熊の手』が、おぬしの秘太刀『虎の尾』を打ち負かしたら、占部一族の長は俺がなり、以後は俺が長として後継者を選ぶ。後継者には秘太刀『虎の尾』ではなく、我が秘剣『熊の手』を伝授する。それでいいな。文句はないな」

「よかろう、白水。しかし、もし拙者が勝っても、拙者は占部一族の長にはならぬ。だが、おぬしの父の八代目占部伯琉殿から後継者として指名された九代目の隠れ長として、我が使命は果たす」

「なに、今度は隠れ長だと。笑止千万」

「笑うな。真剣だ。おぬしの父八代目占部伯琉殿が命をかけて、それがしに伝授した秘太刀『虎の尾』を次の十代目の後継者に伝授せずに、それがしは死ぬわけにいかない」

「いいだろう。九代目の隠れ長、言い残すことはそれだけか？」

「まだある。それがしが勝ったら、十代目の後継者には、占部玄馬殿の一子中馬を選ぶ。それに異存はないな」

桐島は怒鳴るように宣言した。

九人衆は、驚いて互いに顔を見合わせた。

占部玄馬も驚き、中馬を振り返った。中馬は紅潮した顔でうなずいた。志麻もうなずき、手を合わせた。

「尊師も、中馬をお認めくださるな」

「よかろう。認めよう」

尊師は大きくうなずいた。

白水は憤怒の顔になった。

いきなり、手で空を横、ついで縦に切り、大声で呪文を唱えはじめた。

「臨《りん》、兵《ぴょう》、闘《とう》、者《しゃ》、皆《かい》、陳《ちん》、烈《れつ》、在《ざい》、前《ぜん》」

文史郎は一瞬たじろいだ。

白水から激しい気が押し寄せてくる。

気は次第に呪文の声に乗って大きくうねり、増幅しはじめた。だんだんと殺気が膨らみ、巨大な気の波となって桐島を襲い、その余波が文史郎たちにまで押し寄せる。

臨！

兵！

闘！

者！

皆！

陳！

烈！

在！

前！

喝《かっ》ッ！

白水は大音声で発した。

桐島はまったく動ぜず、白水の気を受け流した。ゆっくりと腰の大刀を抜き、上段に上げて構えた。

文史郎は、桐島の動きを見ながら、桐島の意図を理解した。

矢傷を受けた右腿は、思うようには動かない。秘太刀『虎の尾』が、どのような剣なのかは分からないが、大事な脚を怪我していては、十分に遣えないだろう。だから、桐島は負けるかもしれないと悩んでいたのだ。

では、どうするか、桐島？

桐島は両手で大刀を頭上に持ち上げ、左手で柄を握り、右手で刀の嶺《みね》を支えて、止めた。

甲源一刀流、音無しの構え。

桐島は刀を頭上に構え、ぴたりと静止した。

強い風雨が、いくら桐島に吹き付けても、微動たりもしない。磐石《ばんじゃく》の構えだ。

文史郎は分かった。

音無しの構えは、究極の捨て身だ。

相手白水からすれば、桐島の構えは隙だらけで、どこにでも打ち込める。……かに見える。

だが、打ち込むと同時に桐島の剣は閃き、身を斬らせて、相手の骨を打ち砕く。

まして、秘太刀『虎の尾』が遣われたら……。

白水も桐島の構えから、それを悟り、呪文を止めて、大声で威嚇した。

「ええい、卑怯者！　出せ、秘太刀『虎の尾』を。正々堂々と秘太刀『虎の尾』で闘え」

桐島は応じない。構えもそのままだ。

あたりは暗くなりはじめていた。黒雲が空を覆い、雲間を光が走り、雷鳴が轟きはじめた。

白水の呪文がだんだんと早く、急な奔流となり出した。

臨、兵、闘、者、皆、陳、烈、在、前
雲間から放たれる光が桐島の刀を異様にきらめかせた。

雷光が三段岩に降りかかった。

白水は刀を持った手を空に突き上げた。

大きく仁王立ちしたかと思うと、白水は宙を飛んだ。

文史郎には、一瞬、白水が牙を剝いて立ち上がるヒグマに見えた。

白水は刀の切っ先を真っすぐに桐島の左胸に向けている。ヒグマの白水も、やり直すことはできない。必殺の突きだ。

桐島が殺《や》られる。

文史郎は息を飲んだ。

白水の刀が桐島の胸に突き刺さる瞬間、桐島は軀を斜めにし、刀の切っ先を胸で受けた。同時に右手の刀が一閃し、白水の首を刎ねた。

白水の首は岩棚を転がり、荒れ狂う海に墜ちていった。頭の無くなった胴体が、どさりと倒れた。

桐島は胸を押さえ、岩場にしゃがみ込んだ。

血潮が桐島の胸からどっと噴き出した。

「桐島様」

後ろから朝田秋の軀が岩場を跳び、三段岩の岩棚に跳び移った。

文史郎は、目の奥に焼き付いた立ち会いを反芻していた。

虎は、猫のような柔軟な軀の動きで、敵と戦い、逃げずに身を切らせ、相手を仕留める。

一瞬の身のこなし。それが秘太刀『虎の尾』の奥義だと文史郎は悟った。

朝田秋が桐島を抱き抱え、頬摺りしていた。

嬉し泣きしている。桐島の手が優しく秋の頭を撫でていた。

「殿。桐島、大丈夫なようですな」

「いやあ、凄い見世物だったですな」

大門がほっとした顔でいった。

「秋さん、幸せそう」

弥生が涙ぐんだ。

岩棚では、桐島が秋の肩にすがりながらも立ち上がっていた。

三段岩の岩棚に、占部玄馬、中馬の親子が跳び移った。白水の妹の志麻も続いた。

占部玄馬と中馬は、白水の遺体を引き上げ、静かに海に葬った。

全員が合掌し、白水の冥福を祈った。

「殿。尊師たちが」

左衛門がいった。

尊師は両手を合わせ、三段岩の桐島にお辞儀をした。

立ち合っていた九人衆は、一人またひとりと、岩の上から姿を消して行く。

最後に尊師が文史郎に深く一礼した。

文史郎も軀を折って答礼した。

頭を上げたときには、尊師の姿は消えていた。

桐島は占部玄馬と中馬に抱えられ、三段岩の下の岩棚に下ろされた。下の岩棚に先回りした朝田秋と志麻が桐島を受け止める。

大門と左衛門が岩場を跳び降り、桐島を迎えに行く。

大門が桐島を受け止め、背に負った。

秋が桐島の腕にすがり、いっしょに岩場を上がって来る。左衛門や占部玄馬が大門を後ろから支えた。

志麻が中馬の手を握り、何ごとかをいっていた。

まさか、志麻の言い交わした男というのは中馬のことか?

文史郎は、それでもいいか、と思った。

「文史郎さま」

弥生が寄り添った。

陽が沈んだらしくあたりが黄昏はじめていた。さっきまでの雷鳴は止み、風雨も収まりはじめていた。

西の雲間が切れ、真っ赤な残照が顔を覗かせていた。

時代小説

二見時代小説文庫

秘剣《ひけん》 虎《とら》の尾《お》 剣客相談人《けんかくそうだんにん》18

著者　森《もり》 詠《えい》

発行所　株式会社 二見書房
東京都千代田区三崎町二-一八-一一
電話　〇三-三五一五-二三一一［営業］
　　　〇三-三五一五-二三一三［編集］
振替　〇〇一七〇-四-二六三九

印刷　株式会社 堀内印刷所
製本　株式会社 村上製本所

ISBN978－4－576－16182－2
http://www.futami.co.jp/

二見時代小説文庫

森 詠
忘れ草秘剣帖1〜4
剣客相談人1〜18

浅黄 斑
無茶の勘兵衛日月録1〜17
八丁堀・地蔵橋留書1〜2

麻倉 一矢
剣客大名 柳生俊平1〜4

井川 香四郎
とっくり官兵衛酔夢剣1〜3

大久保 智弘
御庭番宰領1〜7

沖田 正午
殿さま商売人1〜4
北町影同心1〜3

風野 真知雄
大江戸定年組1〜7

喜安 幸夫
はぐれ同心 闇裁き1〜12
見倒屋鬼助 事件控1〜6
隠居右善 江戸を走る1

倉阪 鬼一郎
小料理のどか屋 人情帖1〜18

小杉 健治
栄次郎江戸暦1〜16

佐々木 裕一
公家武者 松平信平1〜14

高城 実枝子
浮世小路 父娘捕物帖1〜3

早見 俊
目安番こって牛征史郎1〜5
居眠り同心 影御用1〜21

幡 大介
天下御免の信十郎1〜9

花家 圭太郎
口入れ屋 人道楽帖1〜3

聖 龍人
夜逃げ若殿 捕物噺1〜16
火の玉同心 極楽始末1

氷月 葵
公事宿 裏始末1〜5
婿殿は山同心1〜3
御庭番の二代目1〜2

藤 水名子
女剣士 美涼1〜2
与力・仏の重蔵1〜5
旗本三兄弟 事件帖1〜3
隠密奉行 柘植長門守1

牧 秀彦
八丁堀 裏十手1〜8
孤高の剣聖 林崎重信1〜2

森 真沙子
日本橋物語1〜10
箱館奉行所始末1〜5
時雨橋あじさい亭1

和久田正明
地獄耳1